いつか出会った郷土の味

夢枕 獏
Baku Yumemakura

三栄

もくじ

梅ちゃんの鮎　8
「花もも」のすだちそば　12
冷や汁　16
萬口の「かつお茶漬け」　20
野田さんのサーモン　24
金沢の「ガスエビ」　28
一吉の「イカのしおから」　32
澤田さんの「ワカサギ」　36
シェ・イノの「温度玉子と黒トリュフのピューレ」　40
菊姫の「黒吟」　44
鳴門の「サクラダイ」　48
フルーツ&カフェさいとうの「越後姫けずり」　52

青森の海峡サーモン　56
老松の夏柑糖　60
鮨かねさかの「凪」を食す　64
土佐のカツオの塩タタキ　68
守谷のあんぱん　72
鮒ずし巡礼　76
「井泉」のカツサンドが寄席むきであること　84
沖縄の「島らっきょう」　88
小豆島 ヤマロク醤油の「鶴醤」　92
おまえはどこまで太いヤツなのだ 伊勢うどん　96
京都で迷ったら和久傳の鯛ちらし　100
暮坪かぶは蕎麦の薬味の王である　104
「やまめ庵」の〝やまめ南蛮漬け〟に驚愕せよ　108
奄美大島 ミキを知ってるかね　112

酢橘を薬味にソーメン　116
郡上味噌がいいんだねえ　120
ジコボウの食感最高にエロし　124
能登は食の宝箱である　128
下倉孝商店のカズノコ　136
これを敢えて新縄文料理と呼びたい　140
「司丸・干魚のやまさき」のハダカイワシでどうじゃ!!　144
中ノ俣のギョウジャニンニク　148
兎の頭のかち割り味噌汁　152
「かばや」のうなぎまぶし丼　156
山根商店の縄文漬　160
ローソクとブシュカンは神のコラボだ　164
怪しかれどもうましドウマンガニ　168
第三の選択肢、薄垂惣酢　172

発見‼ トマトの漬け物 176
十和田湖のヒメマスとアカモクのこと 180
江本自然農園、特選とまとジュースに感涙 184
室井克義のおじや 188
小嶋屋のへぎそば 192
リストランテ ボーノのリモンチェッロ 196
宝塚劇場売店の「梅ジェンヌ」がたまらん 200
生シラス 204
ミーバイのからあげ 208
ひんぎゃの塩 212
あとがき 216
掲載店舗 220

イラスト◎大崎吉之

食は、聖なる旅の物語である。
食べる前からそれは始まっており、
食し終えた後まで、この物語りは、
良きファンタスィのように、
脳内に響きわたっているのである。

梅ちゃんの鮎

　ぼくは世界一うまい鮎《あゆ》を、毎年食べている。

　それは、釣り仲間の梅ちゃんが焼いた岐阜県は馬瀬川《まぜがわ》の鮎である。

　たとえば、毎年夏になると、高知県では利き鮎の会が催されていて、鮎がおいしいと言われている日本全国の河川から送られてきた野鮎をみんなで食べて、どこの鮎が一番おいしいかを決めているのである。審査は公平で、食する時はどこの河川の鮎かわからないようになっている。で、毎年のその結果があまりばらけない。いつも一位になる河川が幾つかあって、高知県の安田川、野根川《のねがわ》、そして岐阜県の馬瀬川――この三川がいつも人気の上位にくる。

この馬瀬川に、ぼくは陶芸のできる釣り小屋を持っていて毎年鮎釣り仲間が集まって、ここで自分たちが釣った鮎を焼いて、自分たちの作ったお皿にそれをのせて食べているのである。

焼くのはカメラマンで、鮎の串打ち名人の梅ちゃんである。囲炉裏に炭をおこし、鮎に串を打つ。火を囲むように灰の中にこれを立ててゆく。串打たれた鮎はそのかたちがそろっていて、リズムがある。火を囲んでこの鮎たちが音符のように並んだ姿は美しく、そこからはモーツァルトの音楽がほろほろ鳴り響いてくるようなのだ。化粧塩を背ビレ、胸ビレ、尾ビレに付け、後は鮎の額にちょんと一点だけ。やがて鮎の焼けるいい匂いが漂い出てくる。

時おり鮎を打った串を持ちあげては様子を見ていた梅ちゃんが、

「よし」

と言って串を取ってぼくたちに

その焼けた鮎をわたしてくれる。受け取るとこれが軽い。鮎の水分がきれいにとんでいるのである。

「この、手に持った時、ふっと軽くなってるのを見極めるのがコツなんだよ」

と梅ちゃんは言うのである。

もうひとつ、鮎を焼く時のコツは鮎自身のあぶらでその頭を揚げてしまうことである。串を打った時頭が下になっているので、頭は焼いている時に下がってきた鮎自身のあぶらできれいに煮えてしまうのだ。だから頭も食べられる。

ある時、梅ちゃんが、塩無しで焼くともっとうまいよと言うので、何もつけずに焼いてもらったらこれが凄かった。身はほくほくのあっちっち。ほんのり甘く、ほんのり塩味まである。もはや鮎は魚の姿をした純な香りの塊のごときものとなっていて、食べたあとの記憶をたどっても、その香りを食したとしか言いようがないのである。

日本一の鮎の川の鮎を梅ちゃんが焼く。世界一の鮎なのである。

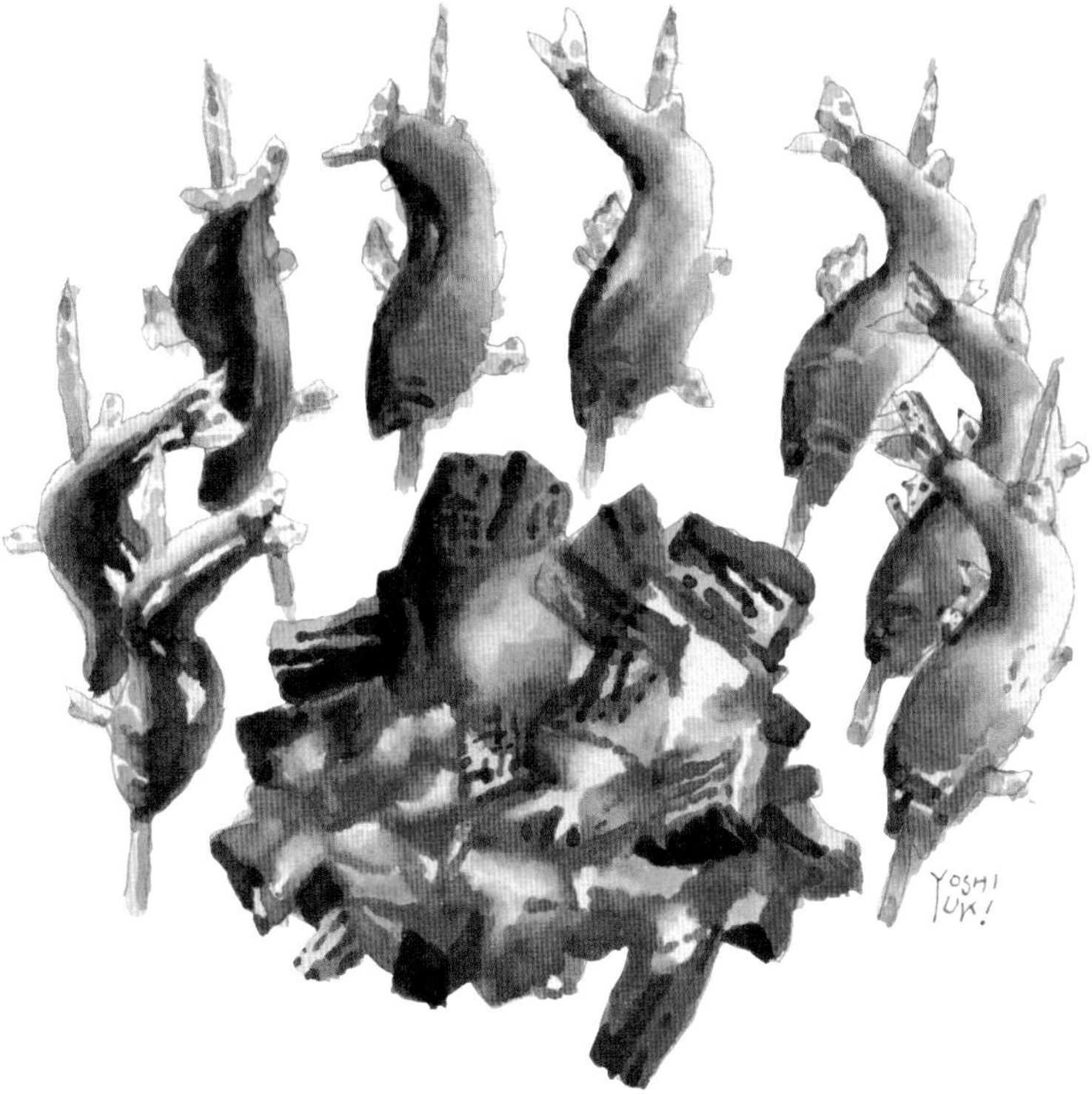

馬瀬川は下呂市を流れて飛騨川へと合流する木曽川水系の清流。清らかな水で育った鮎は香りがよく、味も絶品。鮎の渓流釣りが解禁されるのは6月下旬〜7月上旬頃。

「花もも」のすだちそば

京都丸太町にある蕎麦屋「花もも」のすだちそばがうまいんである。京都に行って時間のある時は、必ずここへ顔を出して蕎麦をたぐることにしているのである。

二階の和室のカウンター席がぼくは好きで、冬だったら、ここで日本酒をちまちま飲みながら焼きみそをつまみ、板わさを食べる。正面の窓の下の丸太通りをぼんやり眺めてるうちに、熱い鴨なんばんが出てくる。こいつを啜《すす》っているうちに、身体がほこほこしてくるというのが、なかなかいいのである。しかし、夏だったら、だんぜんすだちそばをおすすめしたい。

初めて行ったのは五〜六年前の夏だったと思う。テレビの仕事で祇園祭の取材に行って、その後、何か食べようということになったのだが、どこもいっぱいで空いている店がない。すると若い知人が、

「それなら同級生がはじめたばかりの蕎麦屋がありますぜ」

と言うではないか。

「店はもう閉まってるんですけど、我々が行くんなら開けて待ってると言ってるんですが」

決めた。蕎麦大好き。何しろ京都の夏は暑くて暑くて、空気は夜になってもお湯のようである。きんきんに冷えたビールを、味もみないで喉にごぶごぶ流し込んで、さっくり蕎麦をいただく。それがいい。

そこで出てきたのが、夏限定のすだちそばであった。皿より深くどんぶりより浅い器に、透明な薄めの冷たい汁。そこに細身の蕎麦が入っていて、その上に薄く輪切りにスライスしたすだちが、蕎麦が見えなくなるほど載せられている。

これがうまかった。

蕎麦に顔を突っ込むようにして、ざぶりざぶりとはしたなくも一杯目をあっという間にたいらげて、二杯、三杯、みっともないほど下品にむさぼり食ってしまったのである。

すだちの香りがいい。この香りを食するつもりで、すだちは蕎麦ごと箸でからめとり、皮ごとかまわずにそのまま食べる。ほろにがい皮とすだちの酸味があるので、おそろしいことにいくらでも食えてしまうのである。蕎麦と一緒に汁を大量にすすり込む。一本残らず、一滴も残さず食えてしまうのである。激しく満足。

以来、夏には必ずこのすだちそばを食べに行くようになってしまったのである。

御主人は、長野県生まれで、山梨で蕎麦の修業をした。

客をほどよく放置してくれるので、店に入ってから出るまで全て自分の時間であるのがありがたいのである。

京都御苑のすぐ目の前にある店。毎日使用する分だけ、そばの実を石臼挽きして、手打ちにしている。すだちそばは、鮮やかな萌黄色のスダチが食欲をそそる一品。

冷や汁

うまいぞ、冷や汁は。これはまさに夏の食べものだ。

埼玉県、山形県にも冷や汁はあるが、これからぼくが書こうとしているのは宮崎県の冷や汁である。宮崎では〝ひやじる〟ではなく〝ひやしる〟と発音する。

鎌倉時代からこの冷や汁はあったらしいのだが、それは、ここでは考察しない。

冷や汁、てっとりばやく言ってしまえば、ぶっかけ飯である。飯に味噌汁をぶっかけて食べる、あんな感じの食いものだ。世間的には下品な食いものとするむきもあるが、気にすることはない。食べ物というのは、下品に食べれば食べるほどうまいというのは、実はみんなが知っていることだからである。

どういう食べものか。

まずすり鉢を用意していただきたい。これにいりこや、焼いて手でほぐした鯵《あじ》などの身を入れる。さらに炒った胡麻を入れ、麦味噌を入れ、こいつをすりこぎでごりんごりんとすりつぶし、ペースト状になったらすり鉢の内側に薄く伸ばして、火の上にかぶせて焼くのである。焦げ目がついてくると、香ばしい匂いが、太い指でも突っ込むようにぷうんと鼻の穴に襲いかかってくる。ここで鉢にもどして、出汁を入れてよく混ぜるのだ。カップ何杯とか、味噌の量がどうだとか、そんなことは気にしなくてよろしい。全て自分量でやる。混ざったら、手でぐちゅんぐちゅんと潰した豆腐を入れ、薄くスライスした胡瓜《きゅうり》、紫蘇《しそ》の千切り、茗《みょう》荷《が》を入れて、冷蔵庫で冷やす。

これをどんぶりに入れた熱い熱

い飯に好きなだけぶっかけて、その直後に、ああ、もうたまらんとどんぶりに口をあて、ずずずず、ずぼぼっといっきにかっこんで食べてしまう。これが冷や汁の正しい食べ方である。焼けた味噌と魚の味、胡瓜の食感、紫蘇の風味が口の中で大爆発なのである。この宇宙に、冷や汁とただひとり自分だけが存在していると思うべし。そばとうどんとこの冷や汁は、どれだけあさましい音をたてて食べてもいい食いものなのである。

三十五年前に、宮崎で初めてこの冷や汁を食べてから、以来、宮崎に行った時にはこれを食べずにはいられない身体になってしまった。知り合いの家で、作ってもらって食べるのが一番うまいのだが、食いそこねて、帰りに宮崎空港にある「魚山亭《ぎょっさんてい》」(現在はない)で、やっとこの冷や汁を食べたこともある。

東京の宮崎料理を食わせる飯屋のメニューに冷や汁を見つけたら、迷わず注文すべし。

鎌倉時代に僧侶によって広められたという郷土料理。簡単に美味しく作れるので農家の人が好んで食べたという。地域によって中に入れる具材は様々である。

萬口《まんこう》の「かつお茶漬け」

和歌山県本州最南端潮岬《しおのみさき》——紀勢本線の串本駅前に萬口という料理屋がある。見た目はちょっと居酒屋風で、普通。店の面構えも、おぬしなかなかやるな、という風でもなんでもない。ほんとに、どの地方へ行っても、駅の近くにこういう店あるよなあ、というたたずまいなのである。

ところが——この萬口のかつお茶漬けが、庶民そのものの姿で少しもエラそうでないのに、絶品なのである。二〇年余り前、釣りの取材で串本に行った時、ある方に連れていかれて、

「まあ、だまされたと思って、こ

いつを食べてみて下さい」

そう言われてこのかつお茶漬けを食ったらめちゃくちゃうまかったのである。ああた、これを食したら脳をやられますぜ。呑み込む時に舌から胃ではなく、味が脳に直接じわわんと染み込んでくるのである。癖になってしまうのである。年に何度もこのかつお茶漬けを食いたくなってたまらなくなるのである。だまされてよかった。

毎年ではないが、二年に一度くらいのわりあいで、串本町の清流古座川《こざがわ》へ鮎釣りにゆくのだが、目的の半分は、このかつお茶漬けを食べることなのだ。

食べ方がある。ぼくの食べ方だ。まず、このかつお茶漬けと一緒にビールを注文しなさい。

きんきんに冷えたビールを一杯喉に流し込む。とにかく、一杯目はひと息に飲むべし。味なんて二杯目から味わえばいい。一杯目は勢いだ。冷たいビールが喉をこすってゆくのを楽しんだ後、おお、目の前にはもう、かつお茶漬けが出ている。かつおの切り身十二切れの上に、かつおの姿が見えないくらいたっぷりと、ごまだれが掛かっている。このごまだれが秘伝で、他とはちょっと違う。まず、十二きれの切り身のうち、四枚を、ビールのつまみとして食べる。味わい濃厚にして、ごまの風味が鼻へ抜けるのが極楽である。

次は、茶碗に熱あつの飯を半分盛り、その上へ、四切れ、ごまだれのたっぷりついたかつおの切り身を乗せて、はっふんはっふんとむさぼり食う。

次は、残った飯の上に、余ったかつおの切り身とたれの全部をぶっかけてしまう。これに熱いお茶をかけると、見よ、熱でかつおの切り身の角がたって、丸まってゆくではないか。これを、自分の速度でいいので、ざぶりざぶりとかっ込むようにして食べる。

食べ終えて、ふうと息を吐いた時には、全身にビールとかつおと幸せがいきわたっているということでどうだ。

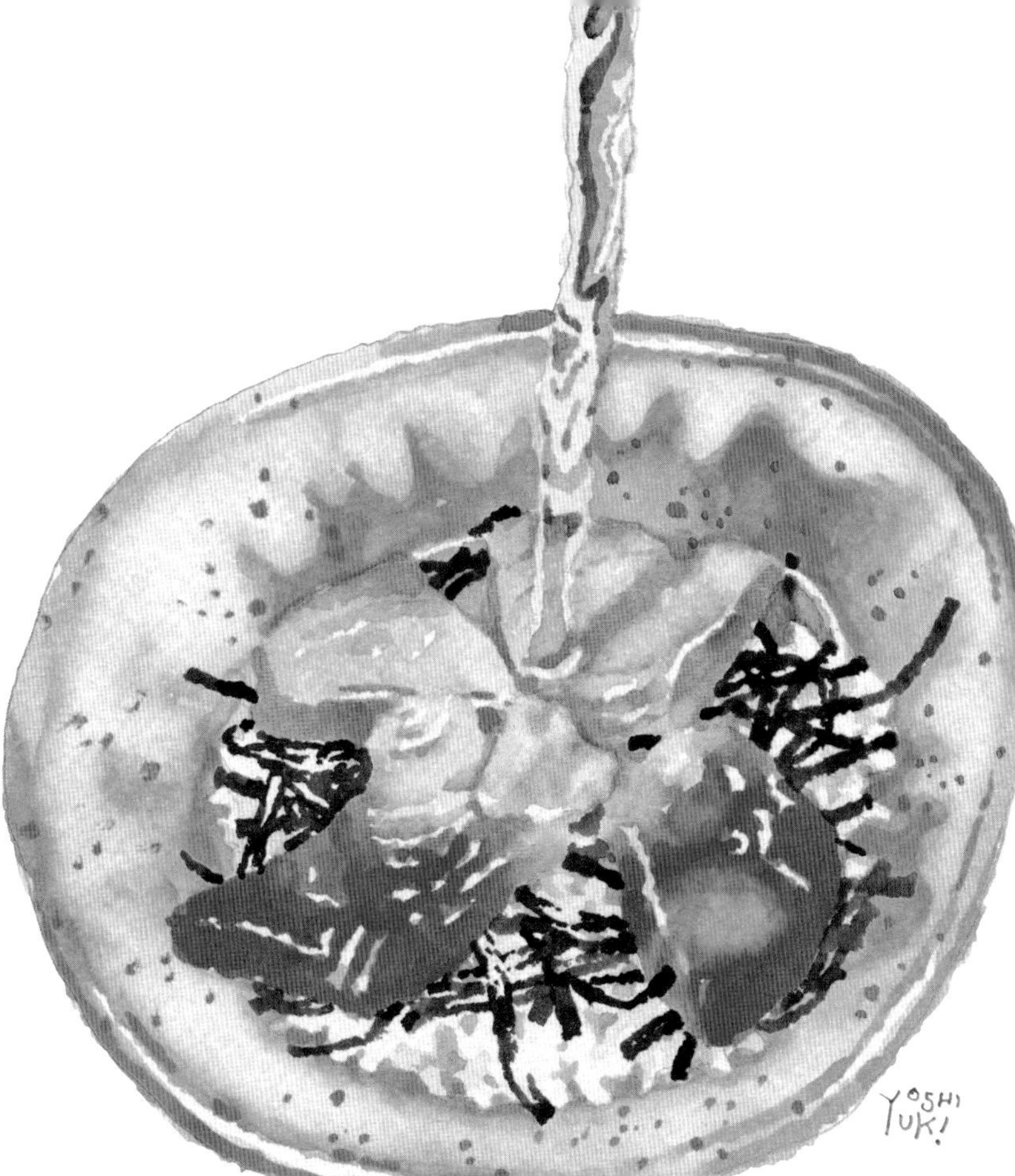

秋は戻りカツオの季節である。寒くなると北の海でたらふくエサを食べたカツオが太平洋岸を南下してくる。身は脂が乗っていて美味。各地で旬の味として食されている。

野田さんのサーモン

今回は、アラスカで食べた野田知佑《ともすけ》さんのサーモン料理の話である。と言っても、これはアラスカ料理ではない。たまたま、その場所がアラスカであっただけで、これは野田知佑というカヌーイストのまぎれもない郷土料理なのである。

三十年近く前、野田さんに連れられて、アラスカを流れるユーコン川のカヌー下りに行ったことがある。夏であったが、ユーコン川の水は、おそろしく冷たい。それは、アラスカの氷河が溶けた水が川となって流れているからである。落ちたら、数分で身体が動かなくなり、泳ぐことすらできず、五分後には低体温症で死ぬ。夜にはグリズリーが徘徊し、狼の遠吠えが聴こえる荒野の川だ。

野田さんと一緒にこの川を下っている時、食料が尽きた。ライフルを持っていたので、見つけた鳥か獣を撃って、それを食料にしようと考えていたのだが、鳥にも獣にも出会わない。おまけに川中にキングサーモンがあがってきているはずなのに、一尾も釣れないのである。飯盒《はんごう》の底に残っていた焦げ飯をなんとか湯でふやかして三日ほど飢えをしのいでいたのだが、ついにはそれもなくなってしまったのである。その時、たまたま見つけたのがインディアンが仕掛けたと思われるサーモンを捕る網である。引きあげてみると、大きなサーモンが一尾、掛かっている。

「獏さん、これを食おう」

「いいんですか」

「いいに決まってるだろ。おれたちの生命がかかってるんだから」

なるほど。野田さんの言う通りである。さっそくサーモンをいただいて、カヌーを岸に寄せて、でっかい流木で焚火をする。火が勢いよく燃えてきたところで、その炎の中に丸ごとサーモンを放り込む。火のかげんなどは考えない。豪快この上ない料理である。

ウイスキーを飲みながら、野田さんが、白夜の中でハモニカを吹く。曲は「ふるさと」。

話をしているうちに、星が出て、いつの間にかサーモンは丸焦げになっている。しかし、巨大だから一部はまだ生のままで、一部はちょうどよく焼けている。そのちょうどいいところを指でほじくって、塩をかけて食べる。これがうまい。また、火の中に放り込んでおくと、さっきまで生だったところがちょうどよく焼けている。そこでまた、サーモンの身をむしって食べる。そのうちに腹がくちくなり、ほどよく酔って、ライフルを横に置いてテントの寝袋に潜り込む。ひと晩中川が耳元で鳴っている。

あの官応的な旅と食事をまたしてみたいのである。

アメリカの最北に位置するアラスカは、標高6190mのデナリ（マッキンリー山）に象徴される美しく厳しい自然が広がる。デナリは先住民の言葉で〝偉大なもの〟を意味する。

金沢の「ガスエビ」

金沢に、ガスエビというとんでもなくうまい海老のあることを知ったのは、三〇年近く前である。

SFの仲間が金沢に住んでいて、年に一度くらいは通っていた時期があった。遊びに行って、夜に地元のおいしいお酒の飲める店に入って、そこでうまいものを食べるのが楽しみであった。天狗舞《てんぐまい》の「吟こうぶり」という、こうして書いているだけで涎《よだれ》が出てきそうになるお酒を知ったのも金沢であった。おっと、酒の話ではなく、ガスエビのことであった。

そういうお酒の席で、

「獏さん、ガスエビって食べたこ

とありますか」

　と言ったのは、地元のハマさんである。

　食べたことがない、と答えると、

「まあ、とにかく食べてみてください」

　言われて食べてみたらこれがなんということか、これまで口にしたどの海老よりも甘く、うまかったのだ。大ショック。その時飲んでいた「手取川《てどりがわ》」というお酒もよかったのだが、これによくあった。ワインで言うマリアージュ。てろんほみょんという舌触りもエロティックで、その感触が舌と一体化し、間違えて自分の舌まで一緒に噛んで飲み込んでしまいそうになる。刺し身にしてよし、鮨にしてよし、うまくてうまくて足踏みしたくなってしまう。

　以来、あちこち出かけるたびに、

「ガスエビありますか」

　と鮨屋などで訊ねるのだが、

「え、なんですか、そのエビ？」

　名前すら知らない人がほとんどなのである。このガスエビ、地元金沢でも知らない人がいる幻の海老なのであった。で、調べてみたら、このガスエビって、実は何種類かの海老の総称で、ガスエビという種がいるわけではないらしい。にもかかわらず、味にばらつきがなく、いつ食べてもおいしい。

今回、この原稿を書くにあたって、あの時、ガスエビを食べた店の名前を友人に訊ねたのだが、

「いやもうわからないなあ。香林坊のあたりかなあ。もしかしたら、その店なくなっちゃったかも」

いよいよもって幻のガスエビとなってしまったのだが、心配無用。金沢の気のきいた店なら食べられるし、近江市場で手に入る。しかし、気をつけねばならないのは、このガスエビ、足が速い。すぐに鮮度が落ちる。一度、近江市場でひと箱買い込んで、家に帰って食べたら、味はもうあのガスエビではなくなっていたのである。ああ、買ってすぐ、店の前でべろんべろんと食ってしまえばよかった。

皆さん気をつけて下さいね。

甘エビよりも甘い、といわれる知る人ぞ知る北陸の名産。鮮度が落ちるのが早く、地元以外にはほとんど出回らないという幻のエビである。その味わいは食通も唸らせる。

一吉の「イカのしおから」

そろそろ、我が小田原のうまいものについて書いてもいい頃であろう。

となると守谷《もりや》のアンパンといきたいところだが、それはいずれ書くとして、今回は一吉《いちよし》のイカのしおからである。

この一吉、小田原は江之浦漁港にあって、民宿風の座敷で食事をするのだが、小ぢんまりしていて窓を開ければすぐ眼の前が港であり、海である。夕方に予約を入れて、二時間ほど前に行き、防波堤で海の五目釣りをする。渓流竿で小メジナやネンブッダイと遊んで、日が暮れかけた頃、店に入ってまずビールである。

何を食っても新鮮でうまい。まな板の上に乗ったでかいイセエビは、刺身になっているのに、まな板から這いおりて、座卓の上を歩きまわる。隣のヒラメもまだ生きていて、箸に噛みついてくる。なんともワンダーな食卓なのである。アジ、キンメダイ、何を注文してもよいが、絶対に忘れちゃいけないのは、イカのしおからである。この数十年、あちこちでイカのしおからを食べたが、ここのは、間違いなく日本で三本の指に入る。ここではお通しとして出てくるのだが、さらに単品でも頼むことをおすすめしたい。

そんなに食べて大丈夫なのか。もちろん大丈夫なのである。

ここのしおからで使用されるイカは、刺身と呼んでもいいくらい新鮮で、甘く、歯ごたえのほどがよい。しんなり感とぷちぷち感、イカのしおからに必要な歯応えのバランスがいい。しかもだ、塩加減が絶妙で、塩からくない。海の味がする。飯のかわりに茶碗の中に入れて、これだけを御飯のようにして食ってみたいと前々から思っているのだが、これも、塩の量が上手におさえてあるので、できることなのである。しかし、夏でもない限り、ビールはまずコップ一杯に控えたい。次に日本酒が待っているからである。

もう、港には灯りが点っている。

これが風情があって、できることなら、今まさにくどいている真最中の女性と訪れたい。必要な手順の幾つかをすっとばして、ふたつみっつ先のステージが、ここで約束されてしまうからである。

ああ——

イカのしおからの話であった。

塩みの強いしおからを、日本酒をちびちびやりながら、ひときれずつ箸でつまみつつ、時間をすごすのもいいが、ここでは、箸で、ごっそりつまんで口の中に放り込むのがいい。

ここのを食べたら、しおからに対する食物感がひっくりかえるよ。

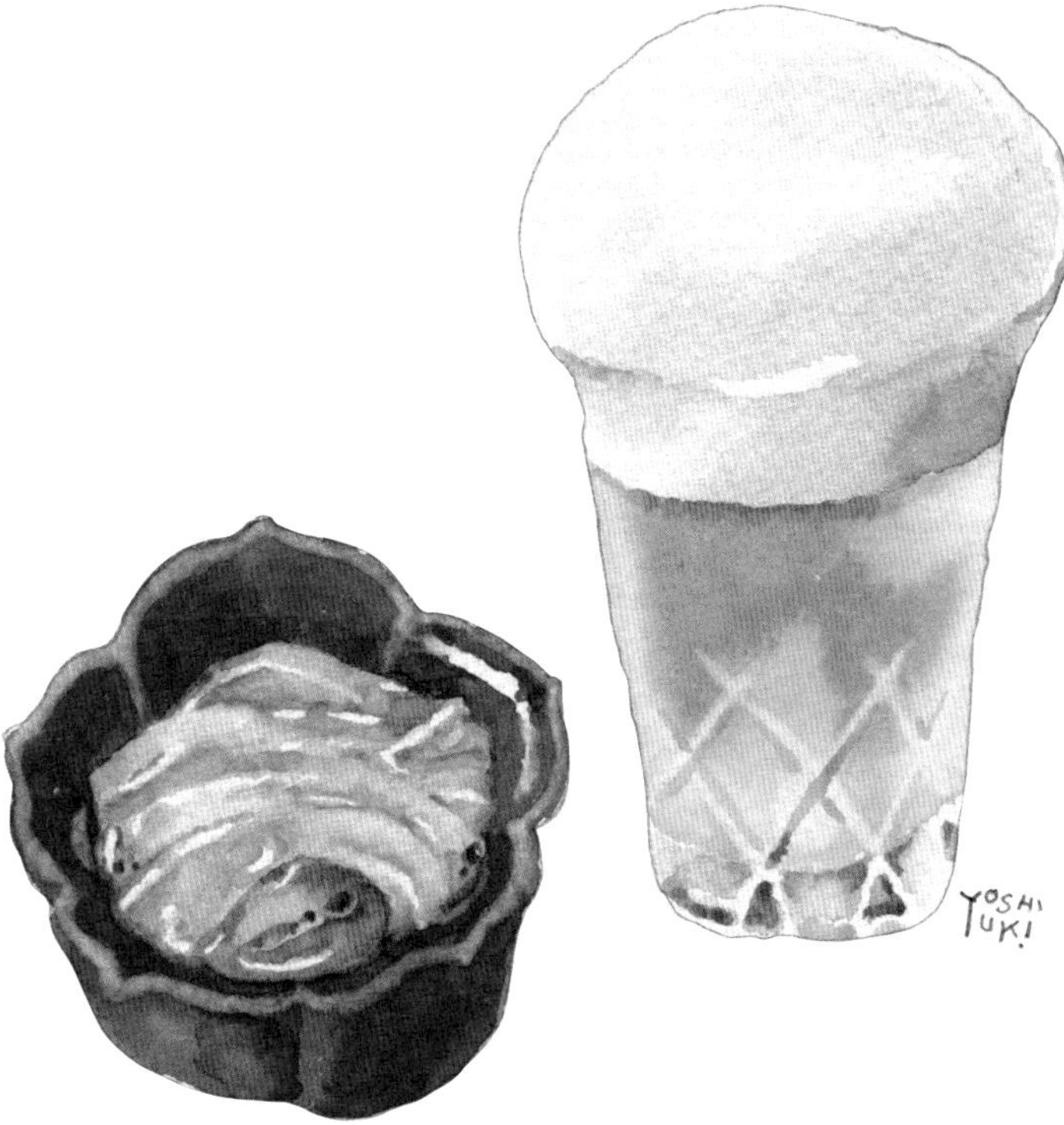

江之浦漁港近くの磯料理店。眼前の相模湾で毎朝水揚げされた新鮮な魚介類を味わえる。豪華な刺盛、金目鯛の煮付けやしゃぶしゃぶなど地元の味覚満載。完全予約制。

澤田さんの「ワカサギ」

初めて、北海道へワカサギ釣りに行ったのは、三〇年近く前である。分厚く張った氷に穴をあけて、その穴に仕掛けを落とし、釣るのである。エサは、サシというハエの幼虫だ。

その時は糠平《ぬかびら》湖だった。山の上であり、たいへんに寒かった。マイナス三十度。それでも我々はテントの中では釣らない。吹きさらしの外で釣る。竿は手作り。鼻で息を吸えば鼻毛がぱりぱりと音をたてて凍ってゆく。湯を沸かそうとして、うっかり素手で触れたコッフェルに指が張りつき、無理に引きはがすと皮がむける。

それが、この二十数年は網走湖へゆくようになった。海が近いので、流氷が接岸するまでは、わりとあたたかい。マイナス十五度くらいまでを覚悟しておけばいい。

で、皆さん御存じかどうか。日本全国の湖のあそこもあちらも、そこで釣られているワカサギ、実はこの網走湖がルーツなのである。ここのワカサギの発眼卵を運んで移植したものなのである。

釣ったワカサギは足元で凍っている。氷の上に釣ったワカサギを転がしておくと、数回跳ねたあとすぐに動かなくなって凍ってしまうのである。このワカサギを我々の面倒を毎年みてくれているガイドの澤田さんが氷上でからあげにしてたべさせてくれるのだが、これがうまい。初めて食べた時はびっくり。これまで自分が食べてきたワカサギは何だったのだろうと。身はほこほこで、メスは腹に卵を持っている。こいつをはっふんはっふん言いながら食べる。澤田流のコツは、日清のから揚げ粉を使うことだ。長年色々試したあげくに、日清の市販のものを使うのが一番いいと結論が出てしまったのである。ゴマ油をたっぷり使い、180度で揚げる。

飲むのは、地元の安い赤ワインである。これを炭火で煮たてて、熱あつにし、砂糖をごっそり入れて甘くしたものに、高級なブランデーをだぼだぼっと加えて、飲む。飲む時に湯気と、ワインと、ブランデーの香りが襲いかかってくる。これをココアを飲むように飲む。

アテはワカサギのからあげ。ミスマッチのようだが、これがミスマッチでないのは場所が大自然の中であるからだ。ワカサギを齧《かじ》りながら空を見あげれば、雪原の上を悠々とオジロワシが舞う。

ふたくち、みくちと飲んで、半分ほども飲む頃には、もうホットワインはシャーベットになっている。酔っていないと思っているのに、宿で温泉に入った途端、ぐわあんと酔いが回ってくるというのが、またいいんだなあ。

網走湖では1月上旬から3月中旬頃までワカサギ釣りを開催。時に1000匹近い釣果に恵まれることもあるという。貸し竿などもあり手ぶらで簡単に釣りが楽しめる。

シェ・イノの「温度玉子と黒トリュフのピューレ」

スーツ、持ってますか？

今回は、あなたが持っている一番いいスーツを御用意ください。センスは問いません。ネクタイの色目も、多少はずしてしまってもオーケイです。ぼくもよくやりますから。適当に緊張もしてください。フランス料理です。お店は京橋にある「シェ・イノ」です。ワインのテイスティングは、儀式としてもう肚をくくっていただきます。一生に一度（もちろん何度でもかまいませんが）と思って覚悟してください。行くのは夜がいいです。

お高いです。お金、かかります。

大切な女性と行ってください。もちろんあなたの驕《おご》りです。ふたり分ですので、よいワインとセットで一年分の外食代をこのひと晩で使いきるつもりでお出かけくださ い。その分の味とサービスは保証いたします。ここはひとつ、男になってください。

オーナーシェフは井上旭《のぼる》さんです。日本のフランス料理を語る時にははずせない方のおひとりです。お店にゆくと、よく、ワイングラスを片手に、あちらのテーブル、こちらのテーブルと怪魚のように回遊しています。その姿を鑑賞しながら食事です。

何を注文なさっても結構ですが、絶対に注文していただきたいのが「温度玉子と黒トリュフのピューレ」です。これだけはぜひぜひぜひめしあがっていただきたい。お高いし量も少なめですがそれがまたいいのです。小さめの、湯呑み茶碗くらいの大きさの器に、この料理が入っています。とろとろの卵、とってりぽってりとした黄身が、ソースの中に隠れています。これを小さなスプーンで掬《すく》いあげて、食べる。

舌の触感、エロいです。官能的なトリュフの香りが、脳を直撃です。眼を閉じたら、そのまま失神してしまいそうです。凄いです。

ぼくなどは、これをいただくたびに、いつも、

「ああ、一度でいいからこれをどんぶりで食ってみたい」

と思っています。

これまで、内緒にしていました。澄ました顔でこれを食べていましたが、正直に告白いたします。

今、これを厨房でつくっているのは、料理長の古賀さんです。時々遊んでもらっています。

このピューレに合わせるワインは、ぼくは一九八九年のD・R・Cグラン・エシェゾーがいちばんいいと思っています。エシェゾーの、ちょっと癖のある美魔女的な香りと味がよくマッチしていると思っているのですが、これはもちろん、皆さんのお好みで——

仏の三ツ星レストラン「トロワグロ」「マキシム」で研鑽を積んだ井上旭氏が、1984年に開店したフレンチの名店。伝統と創造が共演する料理の数々に酔いしれたい。

菊姫の「黒吟」

おいしい日本酒は、この世にたくさんあって、ではその中で何が一番おいしいかということになると、これはちょっと答に窮してしまう。正直に言うならば、わからない。答がないし、わざわざ一番を決める必要もない。それらを承知で、あえてここに紹介したい酒が、実はあるのである。何か。

菊姫である。菊姫の「黒吟《くろぎん》」である。これが実にうまいんである。呑めばはらわたがかあっと温度をあげて、胃や腸が小躍りしてしまうのである。

思えば、この「黒吟」を教えてくれたのは手塚眞さんと岡野玲子さんであった。今から十数年前のある時、おふたりと飲んだ。いったいどういう理由でそういうことになったのかはわからないのだが、お店はおふたりが行きつけの都内某所の小料理屋である。岡野さんが、ぼくの『陰陽師』を漫画化してくださった御縁でそういうことになったのだろうと思う。

岡野さんは、普段、ほとんどお酒を飲めないのだが、

「このお酒ならば、一センチ、二センチくらいは飲めちゃうの」

ということで、ぼくにすすめてくれたのがこの「黒吟」であった。

ほろほろと飲んだ。

含んでオドロキ、飲んでビックリ。喉から胃まで、太い熱い棒がずどんと通り抜けたのである。うまい酒はこれまで何度も飲んだことがあったのだが、これは別格。

そもそもである。日本酒とは何かと言えば、気どらない酒である。女が逃げる。あるいは男が逃げる。そういう時に、傍らにあって、無言でワタシたちの心に染み込んで

くるものだ。ガード下の居酒屋で飲んでよし。京都の色っぽい小料理屋で、小指を立てて飲んでもよし。しかし、そのどの場面にも酒になくてはならないのが、あえて言えばほのかなる下品さであろう。日本酒というものには、それがどんなに洗練されたものであろうが、華麗なものであろうが「オレはいつでもやる時はやるんだよ」というあばれん坊な何ものかが、悪魔のように潜んでいなければならない。この「黒吟」には、ぎりぎりのところでそれがあるのである。

人間がいるのである。720㎖大吟醸酒一万四三〇〇円。高いが高くない。ビンで約三年寝かせた極上酒だが、実はそこに妖怪が棲んでいるのである。

菊姫にはこのさらに上に「菊理《くくり》媛《ひめ》」という十年古酒があるのだが、ここまでくるとすでにこれは日本酒というものを通りこして、天上の飲みものとなってしまうので、ぼくは断固この「黒吟」なのである。どうだ、まいったか。

古来、日本一の銘酒と謡われた「加賀の菊酒」の伝統を受け継ぐ菊姫(石川県白山市)では〝妥協を排し、手本なき究極を求めて〟上質の酒を追求している。

鳴門の「サクラダイ」

春である。

桜が咲いているのである。ということはつまり今回はサクラダイなのである。それも、日本で一番おいしい鳴門の渦の中で育ったサクラダイなのである。

毎年、この桜の時期になると、海の深場に棲んでいる真鯛が、産卵のため、浅場に移動してくる。いわゆるノッコミと呼ばれる現象である。これが桜の咲く時と重なっているため、サクラダイと呼ばれているのである。たいへんにおいしい。旬中の旬。夏になって産卵してしまうと、急に味が落ちてしまうのだが、この時期の鳴門のサクラダイのうまさといったら、格別である。日本一おいしい鯛と言えば、つまりこれは世界一おいしい鯛ということなのである。

　で、毎年、この時期になると、鳴門までこのサクラダイを釣りに行っているのである。タイラバと呼ばれる釣り方で釣る。ＰＥラインを使って、仕掛けを海の底まで落とす。それから一定速度でラインを巻きあげてゆく。やることはこれだけだ。特別なアクションも何もしない。途中、ごつごつごつんというアタリがあっても、

「よっしゃあ」

と、アワせて慌てて巻きあげたりしない。

　ん？

と、空など見あげながら、何くわぬ顔で、はやる心をおさえて、ただひたすら同じ速度でラインを巻きあげてゆく。これで六〇センチ、時には八〇センチのタイが釣れてしまうのである。

　釣ったサクラダイは、ひと晩生かしたままにしてストレスを無く

す。しかる後に生き絞め、神経締めをする。これは最新の魚の絞めかただ。魚の目と目の間に針を差し、脳と神経との接続を断つ。そうすると、脳に死んだという連絡が行かないまま、肉の鮮度を保った状態で身を熟成させることができるのである。この世で最高の鯛を、最上の方法で絞める。

この鯛を知り合いの料理屋に持ち込むと、

「お、こいつは凄え鯛だね」

ひと目睨んで全てを理解し、最高の調理をしてくれるのである。

刺し身でコブジメにすれば、その身半透明でほのかに光を宿し、いかなる真珠よりも美しい。食すれば歯ごたえはホクホクとして弾力がよろしい。味わいはさっぱりとしてなお濃厚である。焼いてよし、煮てうまし。まいったなあ。

ラストは胡麻だれで鯛茶漬けですよ、あなた。ワサビを利かして、ざぶりざぶりとこれをかっこんだら、シアワセでシアワセで、あー、もうたまらん。

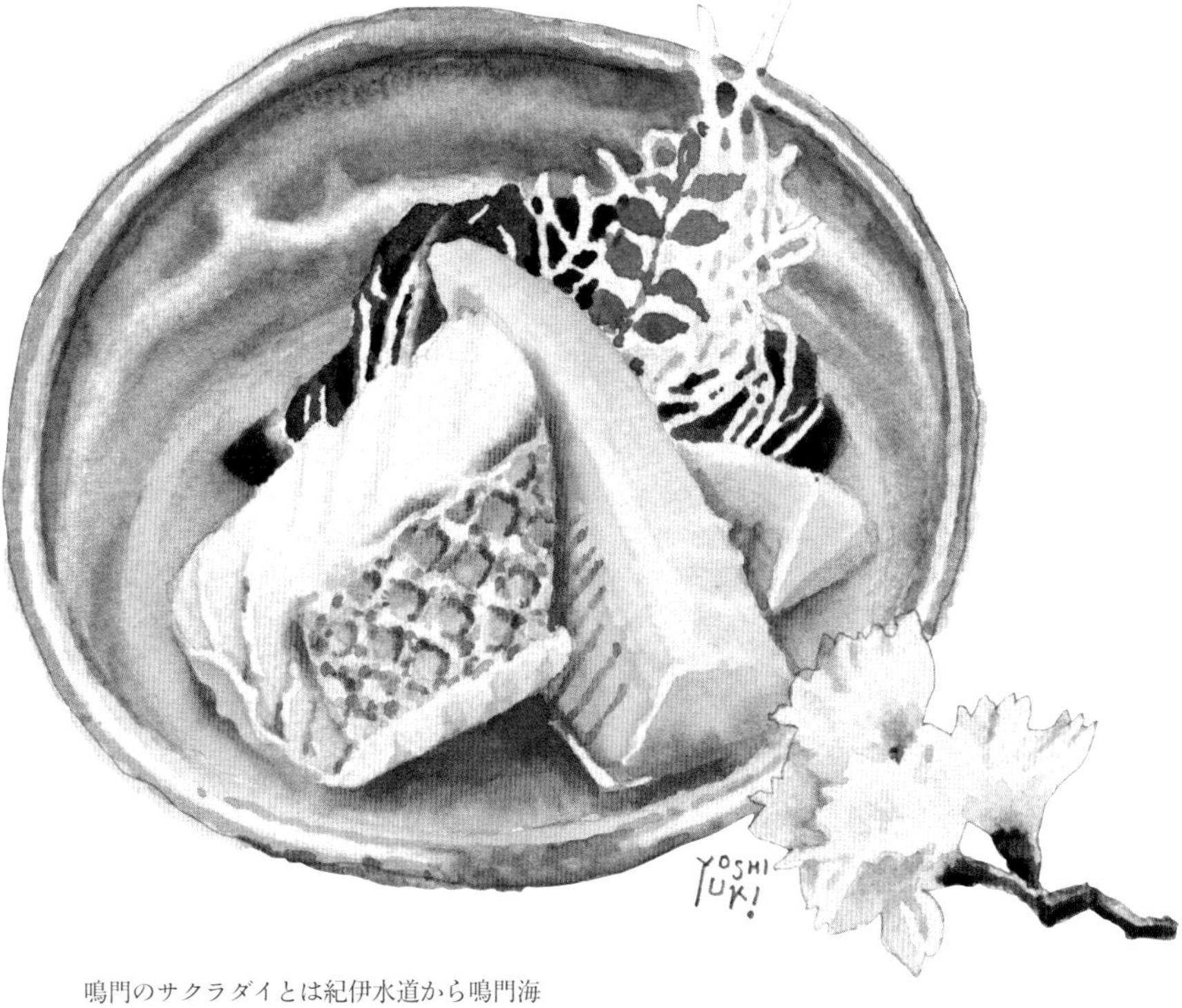

鳴門のサクラダイとは紀伊水道から鳴門海峡に入ってくるマダイのこと。毎年3月下旬に漁が始まり5月上旬まで水揚げされる。丸みを帯びた上品な味わいが特徴。

フルーツ&カフェさいとうの「越後姫けずり」

越後姫は、甘いイチゴの代表格である。

その糖度、十二度から十三度。通常のイチゴより、二度から三度以上も甘い。これ、実は「えちごひめ」じゃなくて「イチゴひめ」と読ませてるんじゃないかと勝手に思っているのである。

この越後姫を使った〝越後姫けずり〟というのを、つい先日佐渡で食べてきたぞというのが、今回の話なのである。

佐渡へは釣りで出かけた。

四月末――連休直前である。釣果はばっちりで、その合い間にコゴミやウドなど山菜もほどよく採れて、これを同行の釣り仲間が配信したところ、ぼくのケータイに知人からメールが届いた。

「オマエ、佐渡にいるなら、斎藤農園のやっているフルーツ&カフェの〝越後姫けずり〟をだまされたと思って食べてくるべし」

それはかような熱いメッセージで、写真まで貼りつけてあった。

「なんだ、これは⁉」

写真を見てびっくり。イチゴの細片をてんこ盛りしたフラッペ？氷イチゴ？　何でもいいが、問題はこれが実に美味《うま》そうであったことだ。これは行かねばならない。昼食を済ませた後、我々は釣り場にはむかわず断固として件《くだん》の店に向かったのである。

店はこぢんまりで、ほどがよく、周囲は広々として、斎藤農園がイチゴを栽培しているビニールハウスが幾つもある。

テーブルに着くなり、さっそく全員で〝越後姫けずり〟を注文する。出てきました。

見た途端、親父四人が、

「うほーっ」

溜め息と感声である。

美しい。

ガラスの器に、凍ったイチゴの細片が盛られているのだが、その姿あでやか、今をときめく麗しき女優が、ガラスの器の中に座して、にっこり微笑んでいるような風情である。

しかもイチゴ百パーセント。凍らせた越後姫を、しゃりしゃりと削ったもので、その上に佐渡の牛の乳から作った練乳がかかっている。まさに雪をかぶった五月の赤富士である。

食す。

まずは、てっぺんの練乳のかかったところをひとすくい。

ああ、甘い。甘いことが美味いに直結。死ぬ直前、末期の水のかわりに、このひと匙《さじ》を食べたいと本気で思ったのである。できることなら、この二倍、三倍の練乳をぶっかけて、でかいスプーンで、そこだけいっきにごっそりと食べてみたかったのであった。

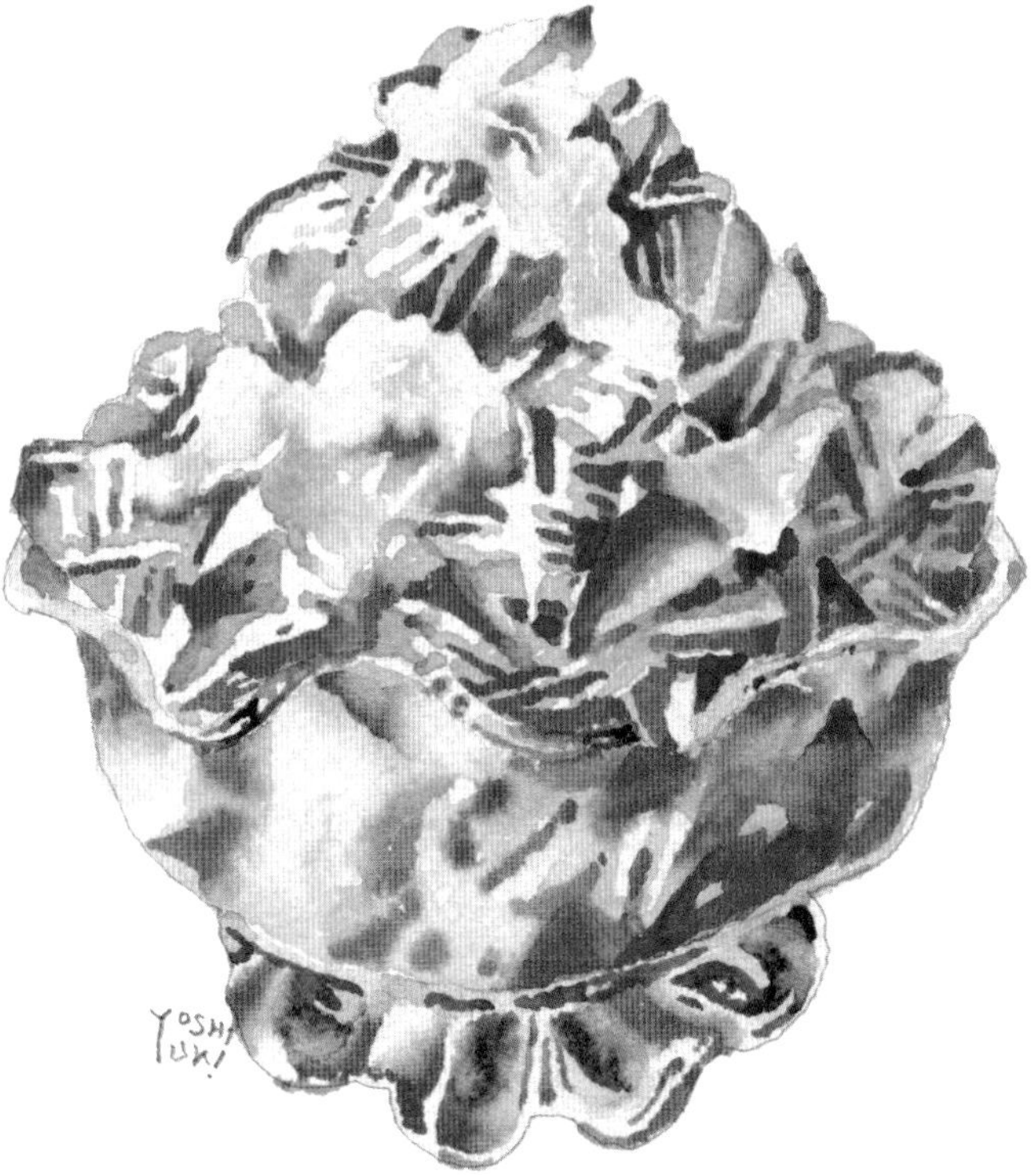

目の前の斎藤農園で穫れた新鮮な果物をジュースや氷菓で味わえるカフェ。イチゴ、モモ、ネクタリン、リンゴなど旬の味覚が勢揃い。春はイチゴ狩り体験もできる。

青森の海峡サーモン

青森の下北半島へは、テレビの仕事で出かけた。旅番組である。地元のおいしいものを食べ、色々な人に会い、風景を愛でる。

アオヒバを専門にあつかう製材所を訪ねて、恐山《おそれざん》にも登った。そして行ったのが、海峡サーモンの養殖所だよ。

海峡サーモンとは何か。海で育てられたニジマス——レインボートラウトのドナルドソンである。

サケ、マスの仲間の多くは、川で卵を生む。川で孵化《ふか》したものが稚魚の時に海へ下り、海で育った親が、また川に入って卵を生む。鮎もそうだ。

ニジマスもそうである。海へ下って何年かをすごし、大きくなってもどってくる。これがスチールヘッドなどと呼ばれている巨大化したニジマスだ。

しかし、これを海で育てるといっても、たいへんである。淡水で生まれたニジマスは、三〇パーセント以上の海水にいきなり入れると死んでしまうからだ。それを、下北半島の〝大畑さけます養殖漁業研究会〟の方々が成功させてしまったのである。津軽海峡の外海で育てられた、海峡サーモン。

ぼくの経験から、魚について間違いなく言えることがひとつある。それは、いったん海へ下って川へもどってきたばかりの魚は、例外なくおいしくなっているということだ。ニジマスもそうである。

その身は、果実のごとく美しいオレンジ色で、全身がマグロのトロ状態である。大トロじゃあなくて、超トロだ。まさに、枝にぶらさがったまま熟れに熟れた落ちる寸前の果実である。刺し身にすれば、ひとつずつが宝石のようである。しかも、そのたたずまいに、色気がある。エロスがある。おいしい食べ物には、どことなくエロスの香りが漂っているものだが、これはどことなくなどではない。エロスそのものである。

食べた。うまい。でろんでろんのとろんとろんで、口の中でとろけ、呑み込む前にいつの間にか消えてしまっている——そんな食感である。

テレビの取材での食《しょく》は、あらかじめリサーチしてあることが多いので、おいしいものにあたる確率は高いのだが、これはその中でも大あたりだった。

荒めの塩を振りかけて焼けば、さらにうま味が増す。身の中にあるアブラがじゅくじゅくと音をたてる。焼くのではあるが、サーモン自らのアブラで身が煮えて、塩粒が表面に浮いてくる。ご飯がいくらでも食えてしまうのである。

ああ、生涯に一度は食すべし、海峡サーモン。

地元の生産組合が苦難の末に養殖に成功した海峡サーモン。自然環境に近い状態で育てているため、養殖でありながら旬がある。鮮魚の出荷は5月中旬から7月下旬。

老松の夏柑糖

凄いよ、老松《おいまつ》の夏柑糖《なつかんとう》は。

京和菓子でありながら京和菓子の地平を越えたところに存在している。京和菓子の多くは、お化粧をして美しく着飾ったお姿で座していらっしゃる。これ、ぜんぜん悪くない。抹茶をいただく時に、そういった美しいお菓子が出てくるのは楽しくて、それはそれでぼくは大好きなのだが、しかしこの夏柑糖の、どでん、とした存在感はどうだろう。ずっしり感があって、見た目は夏蜜柑そのものだ。その姿は自然物そのままであり、限りなく縄文的だ。

自然の夏蜜柑そのものをくりぬ

き、中の果肉というか身というか、それを取り出し、汁を搾ってそれを寒天で固めたものがぎっしりみっちりと詰まっている。

これは、ぜひひとりで一個食していただきたい。親にも友人にも恋人にも内緒です。冷たくひやして隠れてひとりでまるまる一個を貪り食って下さい。天国ですよ。誰にも言えない秘密を持ってしまったということですよ、これは。

その味、初恋のごとくほろ苦く、酸味もあり、そして、このほどのよい甘さのなんと官応的なことか。ぷりんぷりんの赤ちゃんのお尻に頬ずりしたって、この感覚の半分以下だよ。

もはや、甘夏におされて、夏蜜柑の存在は風前の灯状態。老松では、この夏蜜柑を原産地の萩で特別に作ってもらっている。和歌山の農家でも、作ってもらっている。

ある友人の漫画家に送ったら、「オレが生涯に食べたこの手のものの中では間違いなく一番うまかった」

絶賛なのである。

そもそも、夏蜜柑のような酸味の強いものを、寒天で固めるというのが、たいへんな技なのである。

これを初めて食べた時には、脳の海馬体が、

「うほーっ」

と、声をあげた。

口じゃあない。舌でもない。脳が悦びの声をあげるんだよ。口が食べるんじゃない。脳が食べるのである。

ああ――

一度でいいから、スイカほどの夏柑糖を作ってもらって、それに顔をうずめて、スプーンも使わず、べろんちょべろんちょと、これを口だけではしたなく貪り食ってみたいのである。ゾンビのようになって、この食いものに身も心もゆだねてしまいたいのである。

いいですか、くりかえしますが、これは、密室で、隠れて、たったひとりで、秘密の儀式を行うつもりで食べて下さいよ。

誰にも内緒でね。

夏ミカンの果汁と寒天を合わせて、皮に注いで固めた和菓子。毎年4月1日に製造を開始するが、取れ高によって終了時期は変わるので、早めに手に入れたい。

鮨かねさかの「風」を食す

前々から思っていたことなのだが、鮨というものは、食の極にある食べものなのではないか。

お鮨屋さん、入るのに、勇気がいります。銀座で初めての店に入るのは、ちょっと怖い。しかし、男なら誰でも、一度は自前で足を踏みいれてみたい。入ってみると、鮪、雲丹、穴子など、お品書きの札が壁に掛かっているのだが、やや、値段が書いてないではないか。座ってから気がついて、もう後へは引けず、あわててトイレに入ってサイフの中身を確認して、

「ああ、今日は無事に生きてここから帰ることができるであろうか」

と溜め息をついてしまう。

こういった物語、ファンタジーの中へ入ってゆくのが、鮨を食べるという行為なのではないか。このファンタジーというか、日本風に言うなら〝風〟を食する食べものであるのが鮨なのである。

日本独特の味の表現として、〝風《ふう》味《み》〟という言葉がある。甘味でもなく、辛味でもなく、酸味でもない〝風味〟。風の味だよ。風に味なんてあるの。あるのである。鮨職人という職業は、まさにこの風に味をつける作業をしている人たちなのではないか。

で、この風を食べてみたかったら、銀座の「鮨かねさか」へ行きなさい、というのが今回の話なのである。いつもの連載の流れで言えば、この店のこの一品がうまいと料理名をあげるところなのだが、鮨の場合、そして「かねさか」の場合、これが実に難しいのである。どれもがうまいし、季節季節で、鮨は旬のものが変わるので、とてもこれ一品というものを選ぶことができないのだ。冬の鮪の赤身を漬けにしてもらうのもいいし、初夏のシンコ(コハダの稚魚)の酢の加減などは、隣りの部屋から聴こえてくる新内のようでまことに色っぽいのである。選べない。さらに言えば、鮨は、まったく同じネタを仕入れて握っても、店によっても握る人によっても、味が違う。これは間違いない。

鮨を握って、お客に出すまでの間に、米の選び方、炊き方、酢の量、ネタの切り方、鯛のコブ締めのコブの選定から、柚子のひと搾り等々、ひとつずつの手間はわずかだが、できあがるまでの間に、ほとんど無限の段階があって、そのわずかな差の無限の積み重ねが、握り終えた時に、ええっと思うような味の差となって出てくるのである。これはもう、風の味が違うとしか言いようのないものだ。

で、この風を食すために、この頃は、東京で鮨というと、ついつい〝かねさか〟に足を向けてしまうのである。

漢字の「一」のような、バランスのとれた鮨へのこだわり。そして味だけでなく、美しさ、握りの所作なども美味しさのひとつであると考え、愛情をこめて鮨を握る。

土佐のカツオの塩タタキ

カツオのタタキを食べた方は、この世に多くいるであろう。結構うまい。ぼくも好きである。居酒屋などで、よく頼んだりする。

しかし、あなた、高知県、つまり土佐でカツオのタタキ、食べたことありますか。

「おまんがどこで何を食うちょったか知らんが、土佐のカツオのタタキは別もんぜよ」

と、ワタシは、にわか土佐弁で、声を大きくして言いたいのである。

高知県のカツオのタタキは、他で食べるものとはもう別の料理と言っていい。このことにおいて、高知県人は、我々とは別の民族であり、カツオのタタキは誇り高き高知民族の民族料理なのである。日本語の通じる外国の、異国料理なのである。

しかし高知に行くようになって三〇年、ある時衝激が走った。

カツオの塩タタキを食べたのである。高知市内の鏡川沿いにあった「月」という店の塩タタキだ。もちろん、それまでも、塩タタキは食べたことがあったのだが、「月」の塩タタキは、さらに別ものであったのだ。

まず、切った身がステーキのように分厚い。周囲は熱が通って、ベージュ色。そして、その身本体の色は透きとおった深い赤。ルビーだよ。ルビーの色、宝石の色をしているんだよ。赤い薔薇の花肉だ。薔薇に花肉なんてないがイメージはそうだ。極上のレア状態。ほのかに温かい。

これにね、青いスダチの汁をたっぷりかけたら、口の中はもう涎《よだれ》でいっぱいだよ。

そして、肝心なのは、ここから

だ。なんと皿の上には、生のニンニクのスライスが乗っている。これだよ。この生のニンニクのスライスがいいのだ。この生のニンニクを、たっぷりとした豊かな厚みと重さをもったカツオの上に乗せる。荒塩の大きな粒を五つほどのっけて、口の中に放り込む。噛む。噛む。噛む。果実のような歯の潜りぐあい。そこへごりんごりんと塩が歯で割れてゆく食感。ニンニクの刺激がいい。ついているワサビを少々足してもいい。口の中は、絶妙なる味の戦場だ。魚がいいから、魚の臭みはないのに、カツオの臭いはきちんとあるのである。

この店の大将のやり方が凄い。店に看板がない。二〇一七年に引っ越して別の場所に移ったのだが、まだ店に名前もついてない。記事は書いてもいいが、電話番号は書かないでくれという。そうだそうだ。情報を流して、ぼくが行く時、いっぱいなのは困る。

行きたい方は、どうか自力でたどりついてほしい。

かつて漁師が釣った直後のカツオを塩で食べていたのがルーツとされる。鮮度の差が味の良し悪しに直結するため、ぜひ高知で味わいたい。戻りガツオの旬は10月である。

守谷のあんぱん

　このお店、正確には守谷《もりや》製パン店というのだが、子供の頃からぼくらの間では守谷だった。

　小学生の頃、月に一度の贅沢は、一日十円の小遣いを貯めて、守谷のあんぱんとあましょくを買って、柳川牛乳をごくごく飲みながら、これを貪り食うことであった。今回は、あんぱんである。この連載を始めた時から、いつかは書こうと決めていた。

　どういうあんぱんか。あんこがひたすらぎっしり中に詰まっているのである。皮というか、パン部分の厚みはほんの数ミリで、あとは全部粒あんである。今でこそ、あんの多いあんぱんはあるが、こんなにあんの入っているあんぱんは、当時は守谷だけだった。たぶん、今だってそうだ。

たとえば、誰かから、

「どうぞ」

と言われて守谷のあんぱんを受けとるとする。受けとった時、受けた手が、その重さで三センチは下にさがるのだ。何故か。人は、ものを受けとる時、あらかじめその重さを想定して、手に力を込めておくのだが、その想定の何倍も守谷のあんぱんが重いからである。ホントだよ。

このずっしり感が、まず、脅威なのである。初めての人はみんな驚く。

それほど、あんがどっしりと詰まっているのである。スカスカの、パン生地ばかりが分厚いあんぱんしか知らないあなた。守谷のあんぱんを一度食べてごらん。手に持ったその時から、ワンダーランド突入だよ。

そして、温かい。

焼いたばかりのものを売って、いつも回転しているから、冷めたものがほとんどない。温かいパンを食べる至福を知っている人なら、これを持った時に気が遠くなる。

それから、何よりもかんじんなのは、このあんぱんが、うまいということだ。

甘すぎない。あんにとって重要なのは、この甘すぎないことである。守谷のあんぱんのパン生地は、あんを包んでいる包装紙のようなものだから、実体はあんを食することとほぼ等価なのだが、かといって、このパン部分がないと、あんぱんという国民食はたちゆかない。このパン部分と、あんの甘さのバランスが絶妙極まりないのである。

しかも、粒あんだよ、粒あん。

このあんぱんといいマリアージュをするのが、牛乳だよ。店を出てすぐ、牛乳片手に、あんぱんにかぶりつく。牛乳を飲む。あんぱんを食う。ああ、書いているだけで、涎が出てきてしまったではないか。

明治の終わり頃に創業して以来、小田原で愛されてきた店。人気のあんぱんを目当てに遠方から訪れる人もいる。クリームパンやジャムパンなど昔懐かしいパンが並ぶ。

鮒ずし巡礼

鮒《ふな》ずしは、いわゆるなれずしで、古代から食べられている発酵食である。古代の神が宿ってその味を醸す、神々の食である。

初めて鮒ずしを食べたのは、三〇年余りも前のことである。仕事で琵琶湖に近い宿に泊まった時、地元の人が持ってきてくれたものを、仲間と食べた。

食した途端、

「なんじゃこれは」

衝激が走った。

臭い、強烈。うまいとか、まずいとか、味への評価が出てこない。こういう食いものがあるのか。ただただ、驚きばかりが先行し、ぼくの肉体はそのファーストインパクトで、ひと息に土俵の外まで寄りきられて、その味について、どういう判断もできなかったのである。

　二度目は、十七年ほど前である。書家の岡本光平さんと、琵琶湖に出かけ、余《よ》呉《ご》湖《こ》を見下ろす民宿に泊まった。そこで出された鮒ずしが、うまかったのだ。ヨーグルト状になった米がからまったその身をつまみに酒を飲んだ。腐ったチーズか、いったん呑み込んだ魚を、鵜《う》が腹の中で腐らせて、それを出したものか。様々にグロテスクな想像をするのだが、喰えば絶品。臭いのおそろしさも、すっぱい味も、普段は拒否したくなるような要素が、ぎりぎりのところでうまさとなって舌に、歯に、鼻の穴に襲いかかってくるのである。最後はお茶漬けにして、ざぶざぶと二杯も食ってしまった。

　以来、これが忘れられず、たとえば東京の居酒屋などで鮒ずしがあれば注文し、食べてはみるのだが、あらあら、どれもおいしくない。第一には、あのすっぱいヨーグルト状の米がからまってない。きれいに洗ってあるのである。味にインパクトがなく、ただただ匂いの強い珍味というだけのものになってしまっているのである。十七年前のあれは、旅の酒がかいま見せた一夜のファンタジーであったのか。ぜひともそれを確認せねばならない。

そんなわけで、我々は、琵琶湖へとむかったのであった。

行くからには、鮒ずしだけですますわけにはいかない。

琵琶湖の珍味の、あれも食いたいこれも食いたいということになって、到着初日の昼から、ビワマスを食べることにした。

いきなりラスボスの鮒ずしというのも、まっすぐすぎるので、最初の相手はビワマスくらいがよろしかろうと考えたのである。

ビワマスは、ヤマメやアマゴやシャケの仲間で、琵琶湖の固有種である。琵琶湖を海がわりにして育ち、成長して琵琶湖へ流れ込む川に遡上《そじょう》して、川で産卵し、川で孵化《ふか》して、稚魚が琵琶湖へ下り、そこで育つという、つまりはシャケのような一生を送っているのがビワマスである。

たち寄ったのは、近江八幡のひさご寿し。

注文したのはビワマスのヅケ重である。ヅケにしたビワマスをシャリの上にのせたものだ。ヅケにはアブラがこってりとのっていて、その上にビワマスの卵（イクラ）とメネギが載っている。ヅケの下には錦糸卵とタマネギの甘酢漬けがびっしりと敷き詰められている。これを重箱の隅の飯の中に箸を突っ込み、上から下までビワマスごとメネギごとぐいと掘り出して口の中に放り込む。うまい。どんどん箸が伸びてゆく。そのまま、隅から隅までいっき食いをしてしまった。

落ち着いたところでメニューをよく見れば、おお、鮒ずしのかっぱ巻きというのがあるではないか。

なんとここでは、すしをすしにしているのである。これは避けて通るわけにはいかない。さっそく注文して食す。

ああ、うまい。うまいが、しかし、鮒ずしのあの下品さがどこかへ消えて、なんとも上品な食べものとなってしまっている。だが、これからやってくる本格的な鮒ずしとの戦いを思えばまずは軽い前哨戦といったところで、その意味ではよい舌ならしとなった。

そんなわけで、昼食をすませた我々は、今回の真の戦場である沖島へ渡ったのである。

沖島は、万葉集の頃から知られた島で、琵琶湖の味が、ぎゅうっと集まって、凝縮されたような土地である。かつては、全島の全家庭で鮒ずしが作られていたことは間違いない。

上陸してむかったのは、沖島漁業協同組合の組合長をしていた御歳八〇の西居悟《にしいさとる》さんのお宅である。刺網漁で獲った天然のニゴロ鮒を使い、西居さん御自身で作った鮒ずしをいただくためだ。

出てきた。体長二〇センチに大きく余る大きさだ。しかも白くゲル化した米が、クリームのようにからんでいる。これを西居さんが、六〇年以上働いた無骨な手で握った包丁で丁寧に切ってゆく。卵のオレンジの断面の美しさを見よ。箸でつまみ、香りを嗅ぐ。匂い、強烈なるも豊潤である。この臭みが、いやじゃない。口に入れる。歯が身に潜る。ああ、これこれ。これだよ。熟成したチーズよりもあばれんぼうで、なお、舌に慣じむ。記憶が蘇《よみがえ》る。しかも、記憶より、現実に舌や頬肉の内側に襲いかかってくるこの味は、野性の猛獣が、気を許した相手にじゃれかかってくるのに似ている。その背後に古代の力と神が宿っている。ああ、まさにこれは、琵琶湖の神が与えたもうた幸である。もしもうまくなかったら、どうリアクションすべきか迷っていたのだが、その迷いがふっとんで、自然に笑みがこぼれてしまう。

ああ、今、この瞬間、日本酒が欲しい。どうして用意してこなかったのか。それがひたすらくやまれた鮒ずしとのひとときの逢瀬《おうせ》であった。

民宿、湖上荘にこの鮒ずしを持ち込み、ベランダで一杯。目の前で、湖面が夕焼けで赤くなってゆく。酒をちまちまと飲みながら、鮒ずしをつまむ。極楽である。

食事が始まると、さらにここでも鮒ずしが出て、ホンモロコが皿の上に乗り、焼いたビワマスまで出てき、琵琶湖の味を舌と脳で堪能したのであった。

翌日寄ったのは長浜の住茂登《すみもと》である。ここでも、鮒ずしを食べる。これがまた大当りだよ。どうする、どうする。西居さんの鮒ずしの味ともまた違う味で、クリーミー。まだまだ喰えるとばかりに注文した琵琶湖の天然ウナギがまたぶりぶりのブリブリで、噛めばアブラが口の中に甘露の如くに滴り落ちてくる。

ああ、シアワセな取材でした。

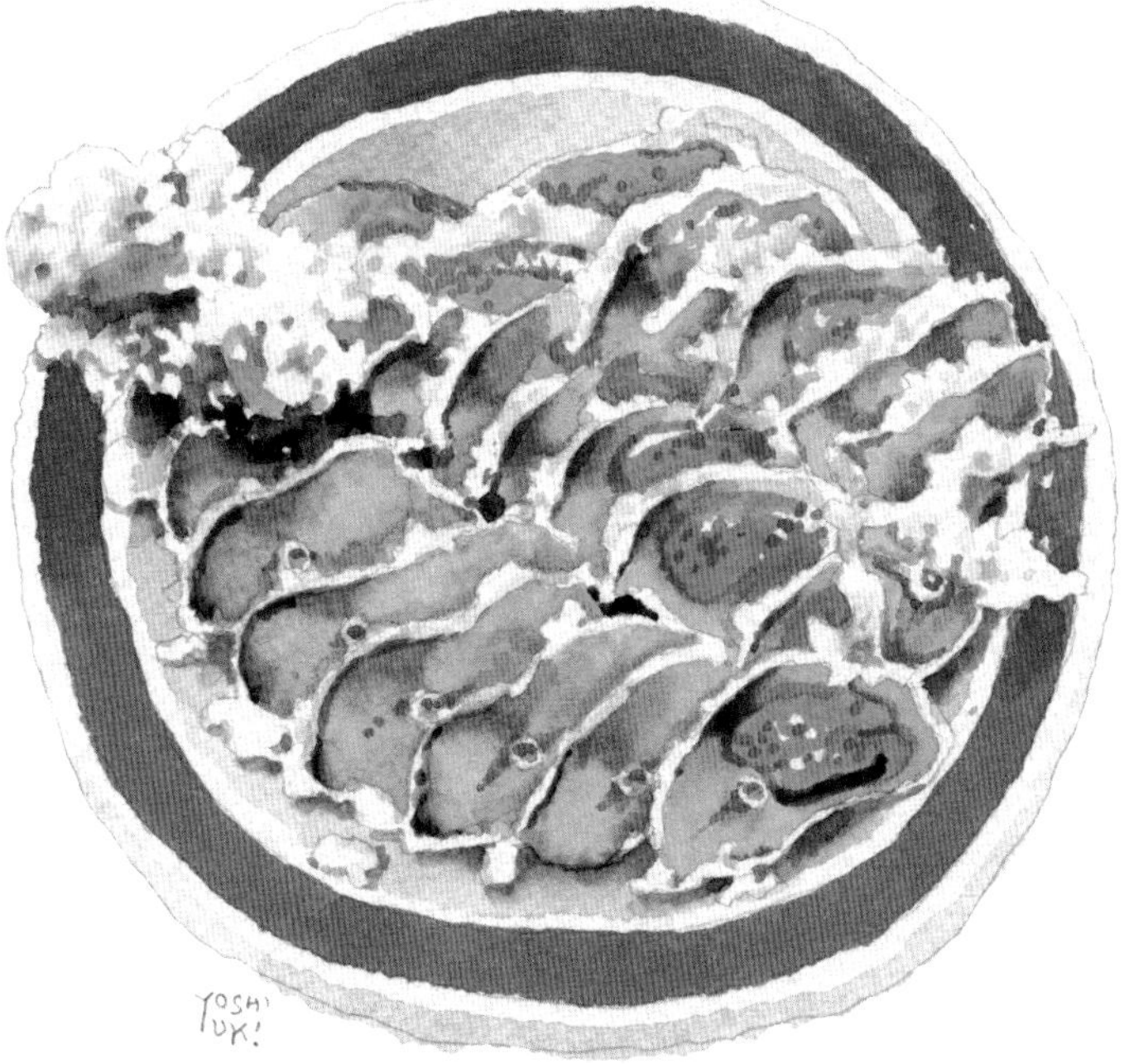

鮒ずしの味は、作り手によって十人十色。基本は腹を割かずにエラや内臓を取り除き（つぼ抜き）、塩漬けする。西居さんは、さらに米と一緒に漬けて長期発酵させている。

「井泉」のカツサンドが寄席むきであること

「井泉《いせん》」には、頻繁にゆくわけではない。年に一度か二度。上野の寄席鈴本に落語を聴きにゆくおり、始まる前か、終った後に足を運ぶ。昼というケースが多い。

鈴本からふらりと歩いて五分足らず。この距離も、江戸風の店構えもほどがよい。とんかつ専門店。昭和五年の創業で、もともとは〝せいせん〟といっていたのが、いつの間にか〝いせん〟になった。

「お箸できれるやわらかいとんかつ」

が売りで、食べる時すぼりと箸が潜り込む。

皿の上にカツとキャベツがこんも

り載っているという、極めて極めてシンプルな姿ながら、これがうまい。熱い。塩でいただけばほのかに豚の香りがあるのもよく、これがいやな人は、特製のソースでいただけば気にならない。この頃は、店のソースにやたら甘いものを使っているところがあったりするので、そういう時は醤油をもらって、それをかけて食べるのだが、「井泉」はこのソースのほどもちょうどいいのである。

時にビールを飲み、ほろ酔いで鈴本に行って落語を聴くというのはなんとも贅沢な時間なのである。

ということで、今回の本命は、「井泉」のカツサンドなのである。ここのカツサンド、カツがおもいきり分厚い。その厚みに容赦がない。パンの部分は、カツを食べる時に、指があぶらで汚れないようにカバーしているだけと言っても過言ではないのである。

ぼくの必殺技は、ここのカツサンドをお持ち帰りにして、そのまま鈴本に持ち込んで食べることである。

　何がすばらしいかというと、なにしろ「井泉」と鈴本は近いので、カツが冷めないということだ。

　厚みのあるあつあつのカツを食べると、まだ、ころもにはカリカリ感が残っていて、パン、ころも、カツと、歯が潜り込んでゆく感触と、その時、口の中に肉汁がこぼれ出てくる充実感がいい。

　とんかつは、洋の食でもあり、和の食でもある。サンドイッチになっても、まだ、その和食感が残っていて、まだ温かい、というのが条件だが、寄席で食べるものとしては、これに勝るものはないのではないか。

　せんべいのように音はしないし、箸を使う弁当などは、視線が高座と弁当に分裂してしまう。お稲荷さんも悪くないが、指がよごれてしまうのが難点。となると、鈴本に限っては、寄席の客席での食べものは、「井泉」のカツサンドでいいという結論になってしまうのである。

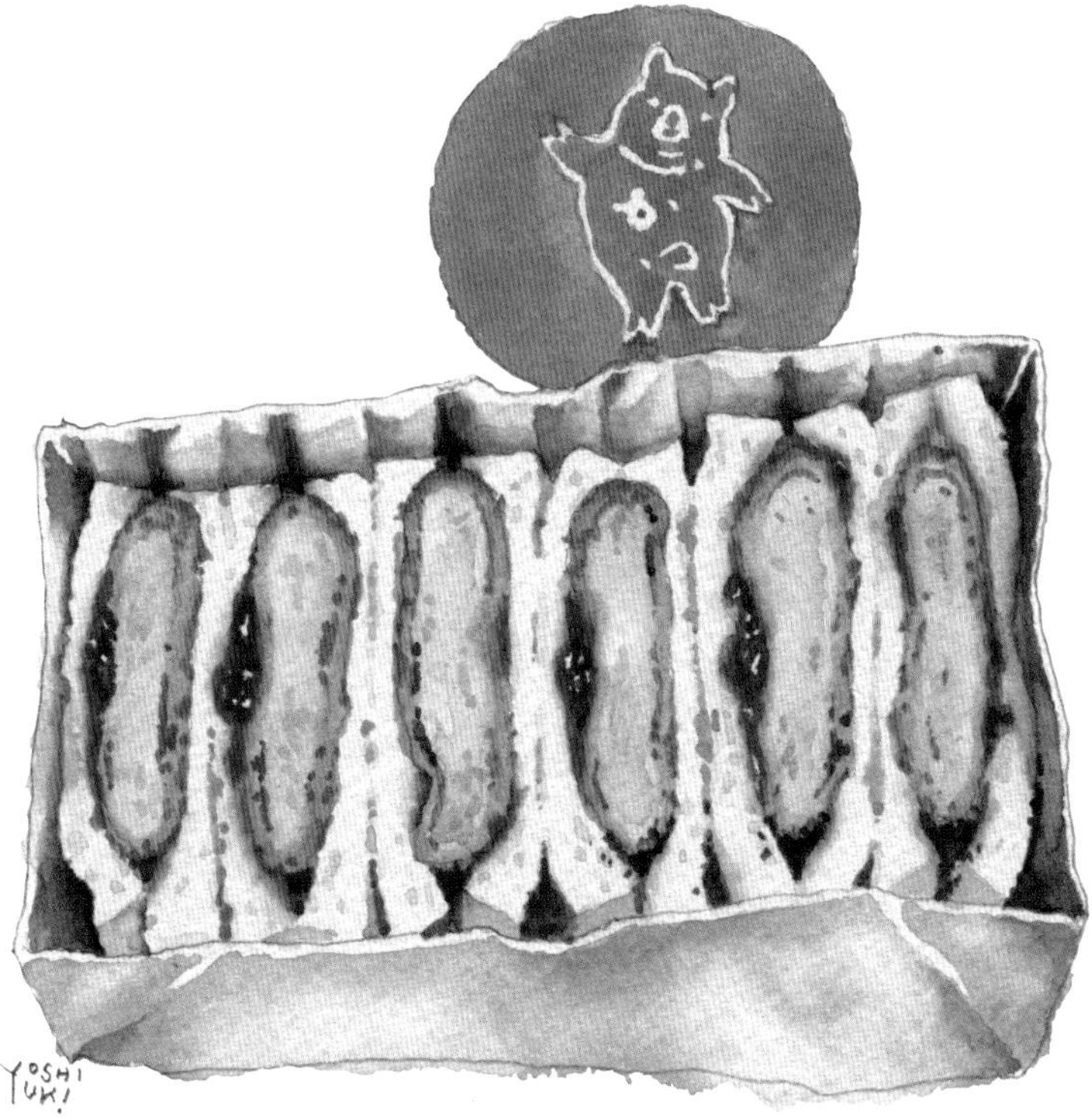

朝食はトーストに紅茶だった明治生まれの初代女将。ある日、ふと「とんかつ」をパンで挟むことを思いついて名物「かつサンド」が誕生した。6切れ930円(テイクアウト)。

沖縄の「島らっきょう」

沖縄県立芸術大学で、毎年一月に、二日か三日ほど授業をすることになっていて、それが十年続いた。毎回必ずやるのは〝書〟である。生徒が自分で筆を作り、渾身の力で漢字一文字を書く。筆は何でもあり。草を束ねたものでも、庭に転がっている石でもいい。この時の筆に、時おり地元の食材が使われる。ある時は沖縄そばの麺だった。またある時はアグー豚の背骨――この血にまみれた背骨を、バケツの中の墨汁にどぼりと漬けて、でかい紙に文字を描く。できあがった作品がどうこうというよりは、このパフォーマンスの力強さはどうだろう。

こういった授業の後で、居酒屋に繰り出して、飲む。最初はもちろん生ビールである。次が泡盛である。この流れの中で、毎回必ず注文するのが、海ブドウと島らっきょうである。海ブドウは、そのぷちぷちとした食感を味わいたくて頼むのだが、島らっきょうは、その味が好きだから頼むのだ。

本州のらっきょうは、でかい。がりん、ごりんと噛むことが必要なのだが、島らっきょうは小さい。


多くの生き物は、島に入ると同じ個体でも小さくなる。メジロしかり、蝶しかり。そして、北海道で言えば、本州の生き物と似たものに〝エゾ〟がつく(たとえば、エゾメバルやエゾハルゼミ)ように、沖縄では〝リュウキュウ〟か〝シマ〟がそのあたまについたりする。シマコガネギク、シマサルナシなどがそうだ。

島に入った生き物が小さくなったり大きくなったりするこの現象は島嶼《とうしょ》化などと呼ばれているのだ

が、その島嶼化現象かどうかはともかく、島らっきょうは小さいが、舐めてはいけない。味が濃くて、辛みがある。この辛味が噛めば舌と内頬にじゅわっと攻め込んでくる。この島らっきょうに合うのは、もちろん日本酒ではない。泡盛しかないという、断固としたこの組み合わせがいいのである。甘酢漬けにしても、天ぷらにしてもいいのだが、極めつけはシンプルな塩漬けである。塩漬けの島らっきょうにはらはらとカツオブシをふりかけて、これに醤油をたらして、箸でちまちまとつまみながら、泡盛を飲むのである。

皿に盛られたその様は、乙女の小さな白い素足が並んでいるようだ。ぷっくりふくらんだふくらはぎがまぶしい。深植えして、茎の部分をわざわざ白く柔らかくしているのだ。

三線《さんしん》と島唄で、ほろ酔い。酩酊。ゆらゆら歩けばもう一軒、ここでも泡盛と島らっきょうなのである。

ああ、楽しいな。

主な産地は伊江島(いえじま)。水はけのよい「島尻マージ」という土壌がラッキョウの栽培に適する。在来種で天ぷらや塩漬けのほか、生でも食べる。旬は2～4月。

小豆島　ヤマロク醤油の「鶴醤」

小豆島《しょうどしま》に、「真里《まり》」という宿があって、食事がおいしいという評判であった。そこで泊まりに行ったのが、何年前であったろうか。十年はたっていないにしても、五年以上は昔のことだ。

全ての料理がおいしくて、小豆島でしか食べられないであろう生ソーメンも絶品。そして驚いたのが、食卓に四種類の醤油が並んだことだ。

「諸味たれ」、「二段熟成」、「生《き》あげ」、「淡口生揚《うすくちきあげ》」の四種類である。全部濃さが違って、その色あいも違う。淡口生揚は、ルビーのような美しい赤だ。もちろん味も違う。

皆さん、醤油は生もので、それだけで一品料理であり、たとえて言うなら、ワインのように、空気に触れた瞬間から、刻々と変化をしてゆく生きものですよ。

好みに合わせて、淡口生揚なら白身のタイか、イカ刺しだね。濃いものは、カツオやマグロ。醤油で刺し身の味が、一度も二度も変化してゆく、魔法のようなできごとが、口の中でおこるのである。

このできごとをカミさんに話したら、

「ずるい」

と言って、ひとりで「真里」に出かけて行った。

カミさんのその旅の話を聞いていたら、ぼくもまた行きたくなって、こんどは夫婦で出かけて「真里」に泊まってきた。

この「真里」で使用しているのが、小豆島のヤマロク醤油の醤油なのである。

ぼくの好みは、鶴醤《つるびしお》。以来我が家の醤油は、ヤマロク醤油から取りよせた鶴醤となってしまった。

鶴醤と普通の醤油とどこが違うのかと言えば、まず、製法が違う。通常は、二年熟成させて商品化するところを、鶴醤は、できあがった生醤を、また樽にもどして、さらに原料を加えてもう二年熟成させる。二段仕込み、二度仕込みの手間が、この味を作っているのである。

味が濃厚であるのに、塩分は少なめ。

たまごかけ御飯にもよく合う。家では、熱あつの御飯に、御飯の温度を下げないように、あらかじめ、熱を加えておいた卵を割ってのせる。この時、白身の一部が半熟状態になっている。これにカツオ節をはらり、刻んだネギをはらり、そしてそこに鶴醤だよ。乱暴に、二度、三度かきまぜて、卵のでろでろ感を残したまま、鶴醤をかけて、いっき食いをする。熱い御飯で卵が煮えて、鶴醤の味と香りが口の中に立ち上がってくる。

仕事がいそがしい時の、ぼくだけの食事だが、これがたまらなく贅沢な時間なのである。

100年以上前に建てられたもろみ蔵は、酵母菌や乳酸菌が生きる菌たちの家。「鶴醤」は大杉樽でじっくり熟成させる。145mlは540円、500mlは1296円。

おまえはどこまで太いヤツなのだ伊勢うどん

伊勢うどんである。

とにかくぶっといのである。麺がである。ごんぶとなのである。ひたすら太くて、シンプル極まりないうどんなのである。初めて食べたのは、十年ほど前だ。伊勢神宮に近い店に入ってうどんを注文したら、これが伊勢うどんだったのである。その姿、人ならば、肌の色白くぽっちゃり系のK−1にも出場したことのあるボクサー、バタービーン氏が、どんぶりの中に裸でうずくまっているような。

茹であがったばかりのうどんに、これまた色の濃い汁が少々掛けられているだけで、後はネギと生タマゴ。それだけの食いものである。しかし、これがうまかった。上半身をかぶせれば、湯気が顔を直激だよ。こいつを、ずぼばっ、ずぼばっと、音をたてて食べる。麺に腰がなく、ないというそこがまた伊勢うどんの醍醐美なのである。太い青いネギをざくざく切ったものが載っているから、食べるたびに匂いがつんつん。たまり醤油が出汁に使用されているが、見た目の色の濃さほど味が濃いわけではない。感動。

以来、家で何度かこれを再現しようとしたのだが、失敗。あのぶっとい麺と、あの出汁がうまく作れないのである。

そして、ついに、再びこの伊勢うどんを食べる機会がやってきたのである。

紀伊勝浦で講演の仕事が入ったのである。来たぜ、チャンスが。小田原から新幹線で名古屋までゆき、名古屋から鳥羽まで行って、そこでレンタカーを借りて、紀伊勝浦まで行くことにしたのだ。行きは無理でも、帰りに鳥羽でレンタカーを返し、電車で名古屋へ向かう途中、伊勢市で下車して、そこで伊勢うどんを喰わせてくれる店を捜せばいいであろうと、考えたのである。

それで、行きました。行っちゃいましたね。伊勢市駅から降り立ったのが18時、ちょっと前。店を捜そうとしているうちに、あっちのシャッターがおり、こっちのシャッターがおり、一斉に皆さん店じまいの最中なのである。あわてて、まだやっている店に飛び込んだのが、駅に近い若草堂というレトロな店だ。ありましたよ、伊勢うどん。注文したのは「月見伊勢うどん」五九〇円。刻みネギの色が、しゃきしゃきでいいじゃないの。卵も載ってるし、なんとなんと、薄いながらもカマボコが二枚も載っている。平打ち麺の、これでもかという極太さ。コシを無視したもっちり感がたまらん。これだよ、これ。

開いててよかった、若草堂。

伊勢神宮外宮の参道入り口にある和洋食・喫茶の店が若草堂。女将手作りのタレを絡めて味わう伊勢うどんが絶品。朝6時30分から19時まで営業している(変動あり)。

京都で迷ったら和久傳の鯛ちらし

わっ、と声が出るよ。開けたらね。だって、見た眼が美しいんだもん。食ったら山羊になるよ。うんめえーだよ。

それが、和久傳《わくでん》の鯛ちらしだよ。

皆さん、京都へ出かけて、迷う時があるよね。帰りの新幹線で何を食べるか。できれば、市内でうまいもん食って帰りたい。でもその時間がない。新幹線の中で食べるしかない。でも、何を食べたらいいの。困っちゃうよね。

うっかり、買った弁当がはずれると、哀しくなるよね。

でも——

そういう時、もう迷う必要はあ

りません。和久傳の鯛ちらしを買って、それを車内で食べればよろしい。この何年か、ぼくはずっとそうしている。

　見た目が綺麗なんだよね。薄切りにされた鯛が酢飯の全部をおおっている。でもその身が透明で、その鯛の下にある山椒《さんしょう》の木の芽の緑の美しさといったらないね。

　一緒に盛りつけられた野菜がどれも、きらきら光ってるよ。宝石箱みたいだよ。

　味は、薄味。ぼくはどっちかといえば、濃い味好みなんだけど、そのぼくが、この薄味に、まいった、だよ。もう、これ以外の味加減はないという、絶妙のバランスで鯛と酢飯の味が、ダンスを踊っているんだよ。

　こぶ締めされた鯛の薄切りが、いいんだねえ。酢飯にもほのかに味がついている。こんなにシンプルなのに、深いんだよね。

　口の中に入れると、風が吹くよ。

　山椒のさわやかな香りが、口から鼻へ抜けて、その先は天国だよ。

ああ、もうひとつ、ビールを買っておくといいね。冷えたビールをぐいとやりながら、窓の外を眺めつつ、鯛ちらしを食べる。

これが、昼だったら、ちょっと罪深いよね。昼から飲んじゃっていいの、ビール。

いいんです。

和久傳の鯛ちらしだから。

昼のビールの、ちょっとしたうしろめたさが、プラスアルファーの味つけであるのは、言うまでもないよね。このうしろめたさを、ほんのちょっと、この鯛ちらしが緩和してくれる。でもちょっとだけ。消えるほどじゃない。そのあたりの加減のほどが、実にちょうどいいのである。

京都駅伊勢丹の十一階に店があり、地下二階でこの鯛ちらしは買うことができる。店で食べるのと同じ料亭のおもたせの味だ。駅弁と考えるとちょいお高いが、ここは優雅にいきたい。京都だから。

もう一度言っておく。京都で迷ったら、和久傳の鯛ちらしだよ。

下味をつけたご飯の上に、薄造りの鯛を敷き詰めた特製弁当。炊きものは季節により異なる。品切れの場合もあるので前日までに予約しておくとよい。2916円。

暮坪かぶは蕎麦の薬味の王である

蕎麦の薬味として何がよいかと問われたら、ぼくは迷うことなく、「それは暮坪《くれつぼ》かぶである」と、答えることにしている。

こんなに蕎麦に合う薬味は、この世にないと思っている。

初めて暮坪かぶと出会ったのは、二〇年近く前だ。鮎釣りで、秋田の米代川《よねしろがわ》へ出かけた。宿は鹿角《かづの》市の大湯温泉である。夜に、ひたすら原稿を書いて、昼に釣り。もどって温泉とビール。また原稿。そういう日々に、原稿が昼まで伸びた時があって、釣りの出がけに昼メシを食べねばならなくなった。

そうしたら、宿の前にあったんで

すよ。「満月」が。お蕎麦屋さん。

入ってメニューを見たら、〝暮坪そば〟というのがある。

「何ですかこれ」

「暮坪かぶを薬味にしたそばです」

「かぶって、あの蕪ですか」

「そうです。あの蕪です」

注文して食べたら、なんとなんと、これがうんまい。

なんじゃ、これは⁉

近いものと言えば、辛み大根のおろしそば。これもうまいし、大好きなのだが、暮坪かぶのおろしそばのなんたるうまさか。もちろん辛い。辛いがしかし、辛み大根ほどでない。すすり込んだ時に、げほげほむせないのに、しっかり辛く、かぶの風味がとんでもなくそばに合うのである。なんでこれまで知らなかったのか。そばが好きになって、これまでの時間を損してしまったじゃないか。

暮坪かぶ、こいつがいったい何ものかというと、岩手県遠野市の暮坪というところで栽培されているかぶである。見た目は丸くなく、かぶと言うよりは小さめの大根である。これが不思議なことに、暮坪以外の土地で栽培しても辛くならないというのである。これが本当のことであった。さっそく、翌年種を手に入れて、小田原の自宅で栽培してみたのだが、悲しいことに辛くならないのである。

この頃は、遠野の他の地区でも栽培しており、遠野かぶとして売られているものもあるのだが、暮坪かぶほどは辛くない。個体によるのか、土地のせいなのかはわからないが、少ない食べ比べでは、そうであろうとしか言いようがない。

近江の薬売、近江弥右衛門が持ち込んだと伝えられている。

マグロの刺し身にも合うと言われているのだが、ぼくは、これを、一度、サンマの塩焼きで試してみたいと思っている。じゅくじゅくとアブラの滴る焦げ目のついたサンマに、おろした暮坪かぶをのせて、醤油をかけ、熱い飯でむさぼり食いをしてみたいのだ。うまいだろうなア。

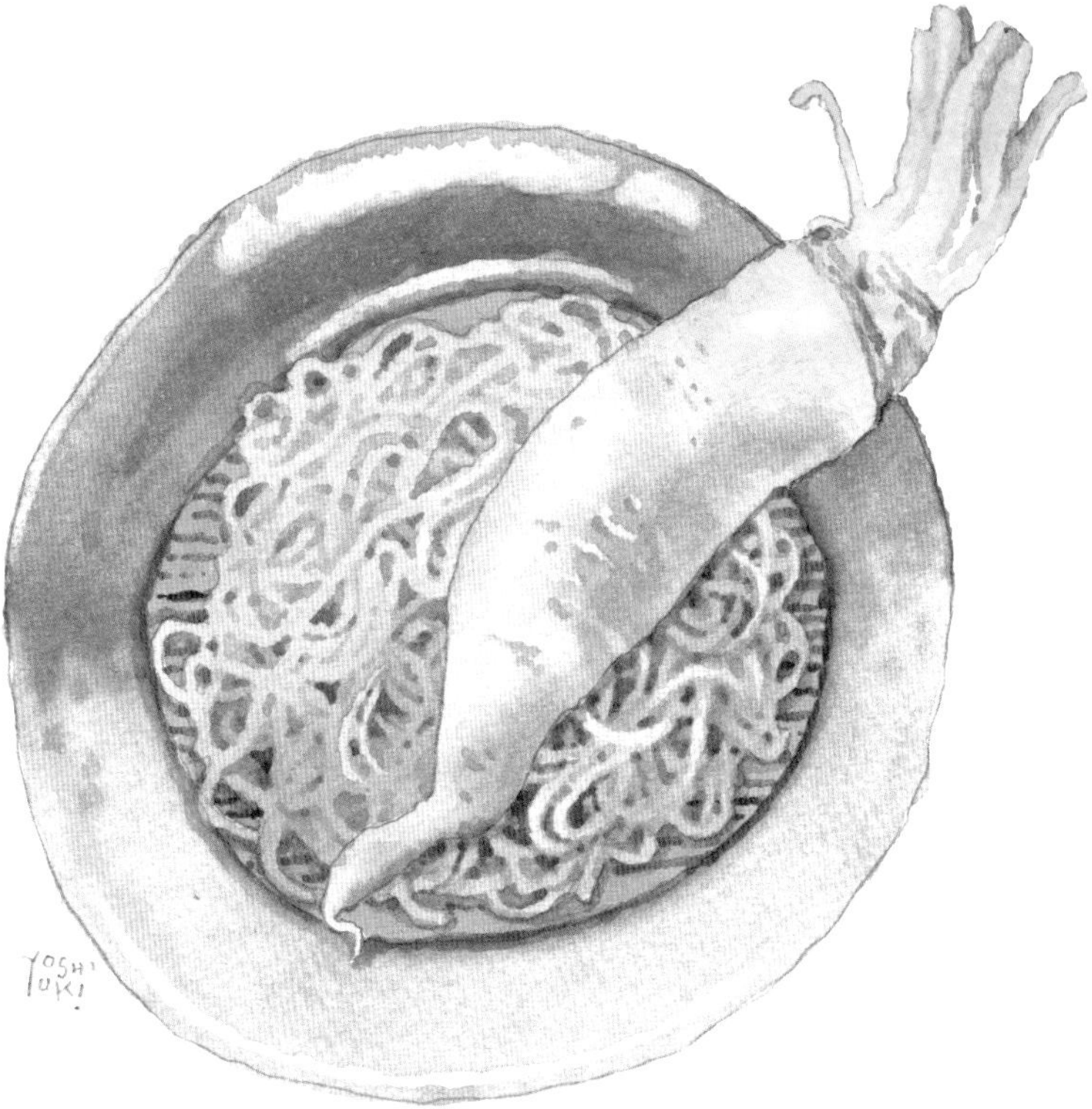

店主の柳沢さんが岩手で和食修業をしていた縁から提供するようになった「暮坪蕪おろしそば」(1130円)。暮坪地区で栽培したものを仕入れる。7~11月の期間限定。

「やまめ庵」の〝やまめ南蛮漬け〟に驚愕せよ

川魚よりは海の魚の方がうまい——というのはよく言われていることで、なるほどそういうところもあろう。何しろ海は魚種が多いから、うまい魚も多くいるというのも理解できる。

が、しかし——

そういう方は、一度、やまめ庵のやまめを食べてごらん。その後で同じ言葉を吐けるかどうか。

ぼくが初めてやまめ庵に行ったのは、二〇年ともう少し前だ。やまめ庵ができたばっかりの頃。カヌーイストの野田知佑さんに連れていってもらったのだ。

場所は、熊本県の相良村だ。人《ひと》

吉《よし》市のすぐ東で、清流川辺川《かわべがわ》が球《く》磨川《まがわ》に流れ込んでいるのだが、おおむねそのあたり。

川辺川は昔から好きで、この頃はよく、野田さんと一緒にカヌーで下ったり、上流の五木村あたりの川原で何度かキャンプをしたりしていたのである。上流にダムを造るというので、地元にはもちろんこれに反対する方々もいて(もちろんぼくも野田さんもダムには反対だった)、そんなことが全国的にニュースになっていた頃だ。

やまめ庵ではいろいろ川魚を食わせてくれるのだが、そのどれもが、御主人が釣ってきたものである。いずれも極めてうまいのだが、ここで特筆しておくべきメニューは〝やまめの南蛮漬け〟である。これが衝撃的にうまかった。

やまめをからあげにして甘酢に漬けただけのいわゆる南蛮漬けなのだが、噛めば歯がさっくりとやまめの中に潜ってゆくのである。骨の感触がない。けっこうな大きさのやまめであるのに、頭から骨までさくさく食えて、やまめの香ばしさと、絶妙の味加減の甘酢が、口の中でほろほろと鳴るのである。これまで、色々な場所で何度も食べたものであったのだが、これは別の料理ではないか。魔法を使っているとしか思えない。

その時から数えて二〇年余りが過ぎ、この間には他で〝やまめの南蛮漬け〟を何度となく食していて、その中にはおいしいものももちろんあったのだが、いまだにやまめ庵の味を越えたものがない。

それから、足を運んだのは二度であったか、三度であったか。いつの時も、この〝やまめの南蛮漬け〟は食べさせていただいているが、味が落ちない。極めつきの清流川辺川の味がみっしりと詰まっている。

店は古民家で、予約が入った時に、昼、夜、ひと組ずつ客をとって、その分だけ魚を仕込みに——つまり、釣りにゆくのである。ああ、うらやましい。久しぶりに、足を運びたくなってしまった。

川辺川は日本屈指の清流として知られる。ヤマメの渓流釣り解禁は毎年3月から9月まで。上流では川漁師たちが釣りを楽しむ姿が、風物詩となっている。

奄美大島ミキを知ってるかね

いやあ、驚いたね。

鹿児島県の奄美大島には何度か行ったことがあったのだが、このミキを知らなかった。

知ったのは三年前だ。奄美出身の釣り親父に教えられたのだ。

「まあ、飲んでみてよ」

と言われて飲みましたよ。


ぶっとんだね。これってなによ。ヨーグルトかね。おかゆかね。濃い豆乳かね。それとも甘酒かね。見当がつかなかったよ。似てるのにそのどれとも違うんだから。

ひと口飲んで、

「うーん」

ふた口飲んで、

「むーん」

うまいんだか、何だかわからない。どっちなんだ。何なんだ、こいつ。あんた、何ものなのよ。

そのまま三くち、四くちと飲んでるうちに、やや、ボトル一本飲んじゃったじゃないか。

だって、釣りをやってて暑かったんだから。汗をいっぱいかいて、死にそうだった。それでこいつが冷たくて冷たくて。

でも何だ、これ？

飲みものなのか、食いものなのか。でろんでろんの喉ごしで、どろんぐろんと食道を通ってゆく。

その色、白。見ため牛乳。でも牛乳じゃないし、ヨーグルトでもない。ああ、わけわかんない。くそ。許さんぞ。この正体は何じゃと、もう一本。

なんだ、それって、うまかったってことじゃないの。

あれ？

そうか、こいつ、うまいのか。

ミキちゃん、あんた、うまかったんだ。でも、美味というのとは違うよ。ああ、言葉が見つからない。

こんなこと初めて。

この初めてに打ちのめされてしまうのが、奄美のミキなんだよ。

でさ、調べたら、これって米とさつまいもと白糖で作っているのね。大島にこれを作ってるとこが三社。かつては夏バテ用に飲んでいたが今は一年中飲んでる。

発酵食品。わずかな酸味。

これがいい。

で、すすめてくれた友人の釣り親父を見たら、

「ほーじゃろ、ほーじゃろ」

と、ドヤ顔で笑ってる。

このミキ、奄美の伝統食品で、祭りの時に、神サマにお供えものとして奉納する。つまりお神酒《みき》からきている名前だったんだねえ。

それで、家に帰ってから、取りよせましたよ。取りよせて、冷蔵庫で冷やして、ガラスのこじゃれたカップに入れて、飲みましたよ。

夏の日の午後に、これを一杯。

ああ、たまらん。

今年もミキを注文じゃあ。

奄美大島のソウルフードであり、食事の一部になっている人も多い。昔は苗を収穫した際にみんなで飲んだという発酵飲料。

酢橘《すだち》を薬味にソーメン

毎年、四国の川に仲間と鮎釣りに行っている。

年三回。これが、二十五年ほど前、大事件が起こった。名づけてソーメン革命である。正確に言うならソーメン薬味革命である。

高知県の川と徳島県の川に交互に通っていたのだが、それは徳島県の某河川の川原で起こった。

鮎を釣っていると、よく言われるのが、

「河原で鮎を焼いて食べるとおいしいでしょう」

という言葉である。

たしかにおいしい。釣りたて焼きたての鮎の熱いのを、河原でハッフンハッフン言いながら食べ、冷たいビールをぐびぐびやるのは、これに勝る極楽はなし、というくらい結構なことなのだが、実は我々鮎釣り人はこれをあまりやらないのである。何故かというと、河原で火をおこし、鮎を串に刺しておいしく焼くというのは、案外に時間がかかることだからだ。つまり、鮎を焼く時間があったら、釣りをしていたいというさもしい了見が我々にはあるのである。誰かが焼いてくれるのであれば、もちろん喜んでいただくのだが、自らはめったにやらないのである。

ある時、地元の釣り師でこれをやってくれる方がおられたと思って下さい。その時の鮎の塩焼きにも感動したのだが、もっと感動したのがソーメンだったのである。

このソーメンを食べる時、地元の方がやおら取り出したのが、スダチであった。あの、ユズより小さくて、緑色をした、ゴルフボールくらいの大きさの柑橘類。これを持参のおろしがねで、おろしはじめたのである。それも皮だけ。果実部分はおろさない。みっつ、よっつ、いつつのスダチの皮をおろして、それを小皿に盛ると、なんとも綺麗な緑色で、しかもぷうんとさわやかな酸味のある香りがたち昇ってくる。

ショウガもネギもなし。

スダチの皮だけを薬味にして、

「どうぞ」

と言われて、つるつるるんるんとすすったら、これがショック。

「ほう！」

と、みんなが声をあげた。

うまいのなんの、これまで知らなかった味。ニンニクをただひたすら爽やかにして、柑橘類の酸味を足して、レモンにある洋の風《かぜ》を全部和の風にしたら、こうなるだろうか。

「凄え！」

知らずに過ごしたこれまでの時間を返して欲しいと本気で思ったね。以来、毎年、家でも食べている。まだ間にあうよ。お宅でもぜひやって下さいな。

爽やかな香りと酸味が料理を引き立ててくれる名脇役。ビタミンCやクエン酸を豊富に含み、健康への効果も期待できる。全国生産量の98%が徳島県で育てられている。

郡上味噌がいいんだねぇ

あなた、つぶあん派ですか、それともこしあん派ですか。

私は、基本、つぶあん派です。餡の中に入っているあのつぶつぶが大好き。あの小豆のつぶつぶの見た目、食感がたまりません。

そんなあなたに、ぜひおすすめしたいのが、郡上味噌です。味噌の中に大豆のつぶつぶが残っている。しかも、その味独特。赤味噌でもなく、白味噌でもない。だからといって、赤味噌と白味噌を混ぜたらこの味になるかというと、なりません。

岐阜県は郡上地方の味噌で、大豆こうじと麦こうじを使って作る。

この麦こうじが、くせもので郡上味噌独特の味を作ってるんじゃないかと思う。

思いおこせば、三〇年近く前、郡上の吉田川に釣りに行った時、地元の旅館でこの郡上味噌の味噌汁と出会ったのでした。

この味噌汁がおいしかったのですよ。ただおいしいだけじゃない。妙に香ばしい。ウイスキーで言うならラフロイグのスモーキーな感じに近いか――うーん、ちょっと違うか。喉を通ったあとの鼻へ抜ける香りがいいんだねえ。

それから、郡上へ足を運ぶたびに、郡上味噌を買い込むようになってしまいました。

この郡上味噌、実は郡上市内の大坪醤油株式会社の登録商標だが、その関係なのかどうか、郡上地味噌、郡上みそなんていう名前で大黒屋、ヤマニ商店など、幾つかの社でも、それぞれ独自の〝郡上味噌〟を作っている。買う時は、いつもそのおりその時でメーカーが違うが、どれも立派に郡上味噌で、おいしい。

さらに共通しているのが、少々塩からいということですね。だから、私は味噌汁を作る時は、合わせ味噌にしています。白味噌でも赤味噌でもいいんだけど、混ぜて使う。もちろん、これを単品で使うこともあります。

以下がそのレシピです。

まず郡上味噌を、ティースプーンに一杯。これをお椀に入れて、次にネギをちょんちょんと刻んでぱらぱら。その上に、カツオブシをひとつまみはらりと入れて、軽く掻き混ぜて、しゅんしゅんと沸騰している熱あつのお湯を上から注ぐ。量はいずれも適当ですね。深く考えない。

お湯を入れた瞬間、ほんわかといい香りが立ち昇ってくる。

味噌汁を、というよりはスープを作るかんじですね。

これを熱いうちに飲む。自然、碗の湯気の中に鼻先を突っ込むことになる。その時、ぷうんと脳に這い登ってくるあの匂い。たまりませんです。ハイ。

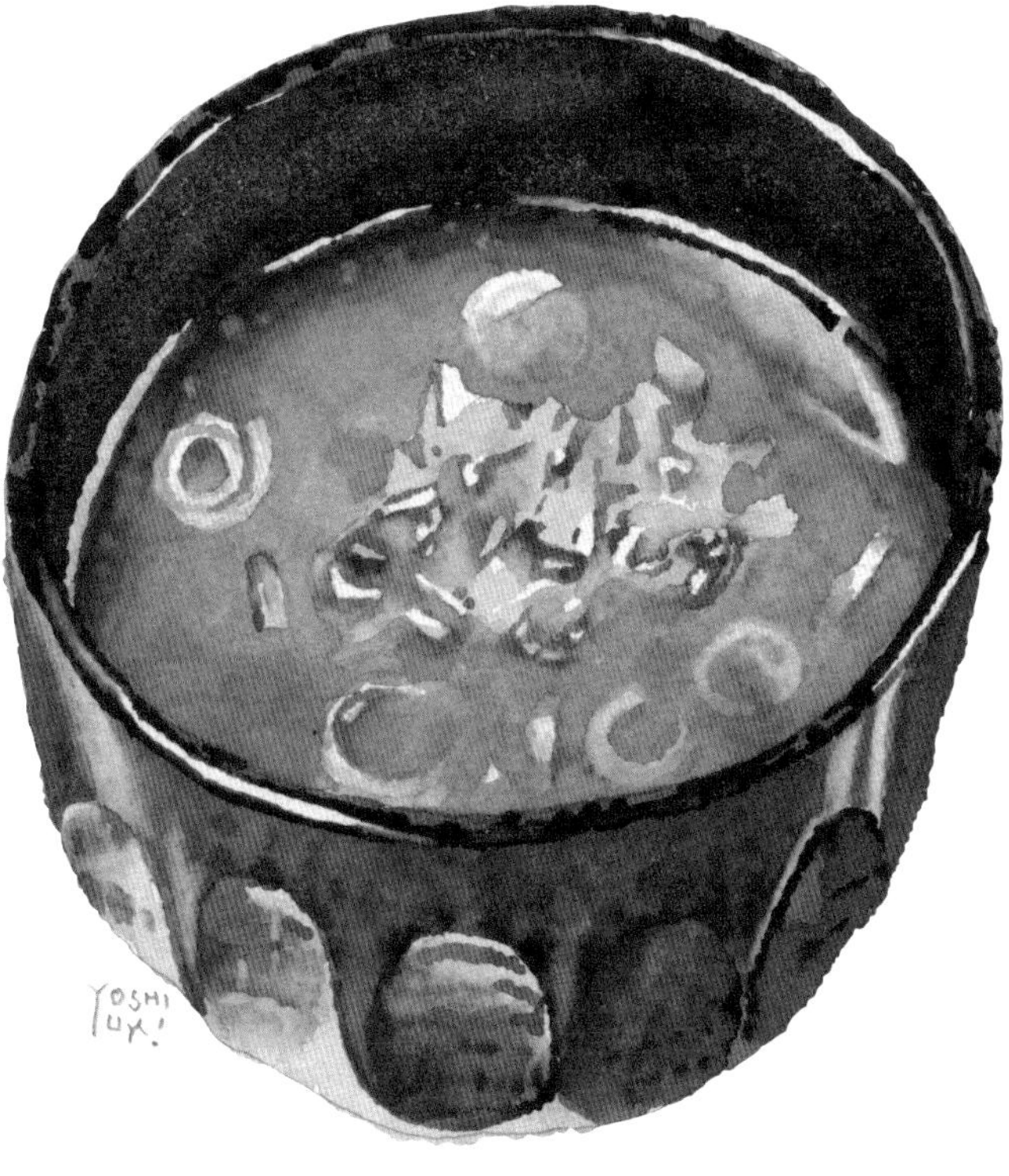

少し塩辛い素朴な豆味噌。岐阜県の郡上八幡は名水の里として知られる城下町である。伝統的な製法を受け継ぎ、地下の天然水をくみ上げて仕込んでいる蔵もある。

ジコボウの食感最高にエロし

ジコボウと呼ばれるキノコがある。漢字では地孤坊と書く。時にリコボウ（埋孤坊）などとも呼ばれたりするが、正式名称はハナイグチである。

夏から秋、落葉松《カラマツ》林の中にこのキノコは生える。かなりうまい。

ぼくがこのキノコのことを覚えたのは、二〇代の時に働いていた山小屋でのことだ。なにしろ山小屋の従業員といえば、食べざかりであるのに毎食のおカズや飯の量が少ない。それで、足りない分山に入って山菜やキノコを採り、それを自分たちの飯のおカズにしていたのである。

そういったものの中で、ジコボウは上級の食べものであった。

お客さんがキノコを採ってきて、

「このキノコ食べられますか」

などと訊ねてくる。見ればこれがおいしいおいしいジコボウであったりする。

「よくわかりませんねえ。キノコって、気をつけないとアブナイですからねえ」

「そうですねえ。どうしようかなあ。捨てちゃおうかなあ」

「それなら、そこに置いていって下さい。後でボクらが捨てておきますから――」

そんなわけで、そのジコボウが我々の腹におさまってしまう。

その色、黄色から茶色、オレンジ色――そして肉厚。傘の裏側はシイタケのような筋ではなく網状になっている。

豚肉、ニラ、サツマイモと一緒にして、味噌と酒を入れ、ゴマ油で炒めて食べる。

ああ、最高。

あるいは、ざくりざくりとおお

まかに切って、軽く茹で、大根おろしの辛いやつの上にごっそりこれをのせ、醤油をかけて食べる。スーパーで売ってるナメコでも似たような食い方はできるが、ジコボウの方が七倍はうまい。

飯が何杯でも食えてしまう。

何しろエロいのである。口に入れた時のエロさがハンパないのだ。舌がべろべろのそのエロさに負けて、官応的な食感が脳天にぶわんと襲いかかってくるのである。

このイヤらしさがたまらんのですよ。ハイ。

熟じゅくのでろでろのでろんでろんなのである。食べものとSEXしている、そんな気分になってしまうのである。

キノコは、素人が採って食べるのには少々危険なところがあるのだが、このジコボウは、ぼくが安全に見分けられる数少ないキノコのうちのひとつなのである。

ほぼ毎年、ぼくはこのジコボウを採って食べている。

今年も食うぜ。

強い粘液でカサが覆われた食用キノコ。日本では北海道や本州各地に分布しており、特に長野県で美味しいキノコとして珍重されている。汁物や和え物などで食される。

能登は食の宝箱《たからばこ》である

「縄文」という、いささか遠い場所から本稿を書き起こしたい。

この十年近く、個人的に色々と考えていることがあるのである。それは、縄文というキーワードで、日本の文化や社会をあらためて絵解きしてみたい、ということだ。たとえばそれは、この連載に関連したことで言えば「鍋は縄文である」ということになる。

日本人は、世界に類を見ないほど鍋料理を愛《め》でること甚だしい民族であるが、大きな鍋に入った具材を、多人数で囲んで食べるというこの食習慣のルーツは、縄文時代にあるとぼくは思っている。調味料だってあった。たとえば、貝を海水で煮込んで煮込んで塩の塊のようにしたものが、縄文時代にはあった。これ、縄文のアジシオとでも言うべきものではないか。

かつて、縄文時代、日本海は言わば琵琶湖のごとき機能を持っていて、これを湖のように使い、大陸、朝鮮半島、北海道までの交易ルートがあったのである。日本海は冬こそ大荒れの危険な海となるが、夏は、太平洋側に比べ実におだやかな海となるのは、地元の人の知るところだ。縄文人は、この日本海を利用して、丸木船で翡翠《ひすい》や黒曜石などを糸魚川のあたりから青森の三内丸山遺跡、北海道まで運んでいた。この海上ルートは、そのまま能登を栄えさせた北前船の航路にもあたっている。

能登半島の先端近くにある縄文時代の真脇遺跡から出土した土面は、このルートを伝わって、秋田のなまはげにも関係しているとぼくは思っている。これは、沖縄からずっと繋がる来訪神のルートでもある。

　というわけで、我々が最初に訪れたのは北前船もやってきた七尾《ななお》の幸寿《こうず》し本店である。

　ここのすしは、他県からも食べにやってくるお客さんが多い、というのは耳にしていたのだが、本当のことであった。我々が入店したのは昼であったが、そういうお客さんがふた組もあって、そのうちのひと組は、なんと新婚旅行の目的地をこの幸寿しと決めて、わざわざ仙台からやってきたというのである。

　兄の山田賢一さん、弟の幸大さんふたりの御兄弟がやっている店で、握りは江戸前だ。

　おまかせを頼む。マダイの昆布締め、ノドグロの炙り、アオリイカ、ヒラメ、アラ、アジ、ブリの子供など、次々と出てくるが、特筆すべきは、なんとこの中にマグロがひとつも出てこないということだ。基本、地物の食材で勝負しているのである。この潔さは、すし職人としての自信と、地元食材への強い信頼からくるものであろう。どれもひとくち。ほろほろと口の中でシャリがほどけてうまい。全部についてはとても書ききれず、ここはおもいきってノドグロの炙りをほめちぎっておきたい。

　ノドグロの上にはらりと振った焼き塩が、この一品の要だ。ノドグロが、この塩加減でさらに上のステージに踊りあがっている。青竹に能登塩を詰めて炭焼釜で焼いた焼き塩。これがノドグロのあぶらのうまみを三倍にふくれあがらせているのである。

　次に足を運んだ鳥居醤油店の建物は、登録有形文化財である。

　この建物の天井や梁《はり》に棲《す》みついた麹菌《こうじ》が、ここの醤油のうまみの大もとである。この麹菌、醤油を作っているそのメーカーの建物によって、みんな違う。ひとつとして同じものはない。醤油というのは、人の手を尽くしたあと、最後は発酵という神の調理によってこの世のものとなってたちあらわれてくるものである。その発酵中の木の大樽を見せていただいたのだが、暗い中で縄文の神々が今まさにここで手仕事をしているという気配が濃厚に漂ってくる空間であった。

しら井は、七尾が北前船の寄航地であったことをあらためて教えてくれる店だ。

昆布が凄いよ。羅臼《らうす》昆布、利尻《りしり》昆布、日高昆布、北海道昆布のビッグネームがそろっている。引き出しの中を見せてもらったら各地の昆布がぎっしりで、一メートルを超えるものも。巻き鰤《ぶり》、鰊《にしん》の昆布巻き、鰊の飴炊き、他にもうまそうなものがいっぱいである。

ちょいとひと口つまませてもらったら、ちょいとではおさまらなかった。巻き鰤のスライスしたものは、身がきれいなルビー色で、うまいのなんの。

「ああ、お酒があったらなあ」

とつぶやいたら、ほんとに出てきちゃいましたよ。これ、イベリコ豚と同様に、赤ワインにもよくあうに違いない。鰊の昆布巻きはおふくろの味で、そう言えば昔よく食べてたよなあと思い出す。

鰊の飴炊きがまた凄い。普通、鰊を柔らかく煮ると、身がずくずくになったりするのだが、しら井のものは、こんなにほろほろ柔らかいのに、魚肉の年輪というか、筋肉が、しっかり食感に残っているのである。晩飯がいらないほど貪り食ってしまった。

その晩の宿は、輪島の民宿深三である。

柿渋《かきしぶ》下地《したじ》総《そう》拭《ふき》漆《うるし》造《づく》りの宿だ。輪島塗の土地ならではだが、漆もやっぱり縄文時代の技術である。

地物をふんだんに使った晩飯、朝食、うまし。

翌朝、朝市にゆく。

カワハギのぬか漬けがあまりにもおいしそうだったので、

「こちらで焼いて食べられますよ」

という言葉に負けて、買い込んだ。焼き処が満員だったので、近くのお店「のと×能登」に話をしたら、持ち込みの品を焼いてくれるというので、お願いをした。

ひとくち食べたら、これがからくてうまい。

「ああ、これは絶対お茶漬けだよなあ」

と思いつき、白御飯を頼んだ。

焼いてもらった香ばしい匂いのカワハギの身を手で解《ほぐ》して、湯呑み茶碗に盛った御飯の上にたっぷり載せる。そこへ、熱いお茶をざぶりとかけて、ひと息に食べてしまった。

帰りは、そばである。

総持寺《そうじじ》祖院の門前にある能登手仕事屋。

評判の豆乳をつなぎにした十割そばが目当てである。食べているうちに、どんどん味が変化してゆく。ああ、これはたいへんなそばだ。そばは刺し身以上に生ものであることを実感。こんなにおいしいんなら、年越しそばで大晦日は大繁盛かと思いきや、

「このあたりでは、毎年、それぞれの家でそばを打つので、大晦日はそれほどでも――」

とは、御主人の言葉である。

江戸時代は北前船が絶えず寄港していた七尾港。ニシンやサケ、コンブなどは重要な交易品だった。手間暇を惜しまず作られた昆布巻きや巻き鰤などに舌鼓を打ちたい。

下倉孝商店のカズノコ

下倉孝商店は、檀太郎さんに教えていただいた。

二十五年ほど前、仕事で一緒に北海道を回っている時に、

「ちょっとおもしろいお店があるから寄りましょう」

太郎さんがそう言って、訪れたのがこのお店だった。北海道の海産物をあつかっていて、どれも極上品。北海道の一番いいものがみんな集まっている。

初めて行った時は、マスノスケを御主人がさばいていた。太郎さんは、実はたいへんな食通で、御主人とは旧知の間柄である。

「うわ、うまそうだなあ」

とひと言口にしたら、

「これを食べていきませんか」

と御主人がおっしゃって、マスノスケをでかい分厚い切り身にして、その場で炭で焼いてくれたのである。あぶらがじゅうじゅう煮えて、そこへ荒塩をひとふりふりふたふり。こいつがうまかった。マスノスケといったら、アラスカではキングサーモンである。川にはのぼって来ないが、北海道の近海を回遊していて、網に掛かることがあるのだ。

以来、二〇数年、正月に、カズノコ、ホンマグロ、ウニ、イクラの四品を注文して食べているのである。極上のウニを、箸で一列ぞろりとまとめてすくって、食べる。サイコー。一年に一度の贅沢である。

イクラは、オレンジ色した宝石のよう。口の中のプチプチ感がなまめかしくて、なんという張りと弾力であろうか。

どんな時にも必ず頼んでいるのがカズノコである。これがそんじょそこらのカズノコではないのである。身がでかい。ごっつい厚みがある。

届くものにはほのかな薄味がついているのだが、わが家ではこれにさらに独自の味つけをする。蕎麦でいうところのカツオブシの出汁がたっぷり入った江戸前のかえしのような汁を作って、これにひと晩漬ける。この味つけは、もともとは親父の役目で、毎年親父がこれをやっていたのだが、亡くなってからは、ぼくが役目を引き継いだ。

こいつに、カツオブシと、焼いたハバノリをはらはら掛けて、貪り喰いをする。ばりん、ぼりんという弾力ある岩のごとき歯ごたえがいい。ツブがしっかりと立っている。

大きさがハンパない。どこで買うカズノコよりもでかくて、分厚いのだ。

凄いよ、これは。

まさしく黄色いダイヤなのである。

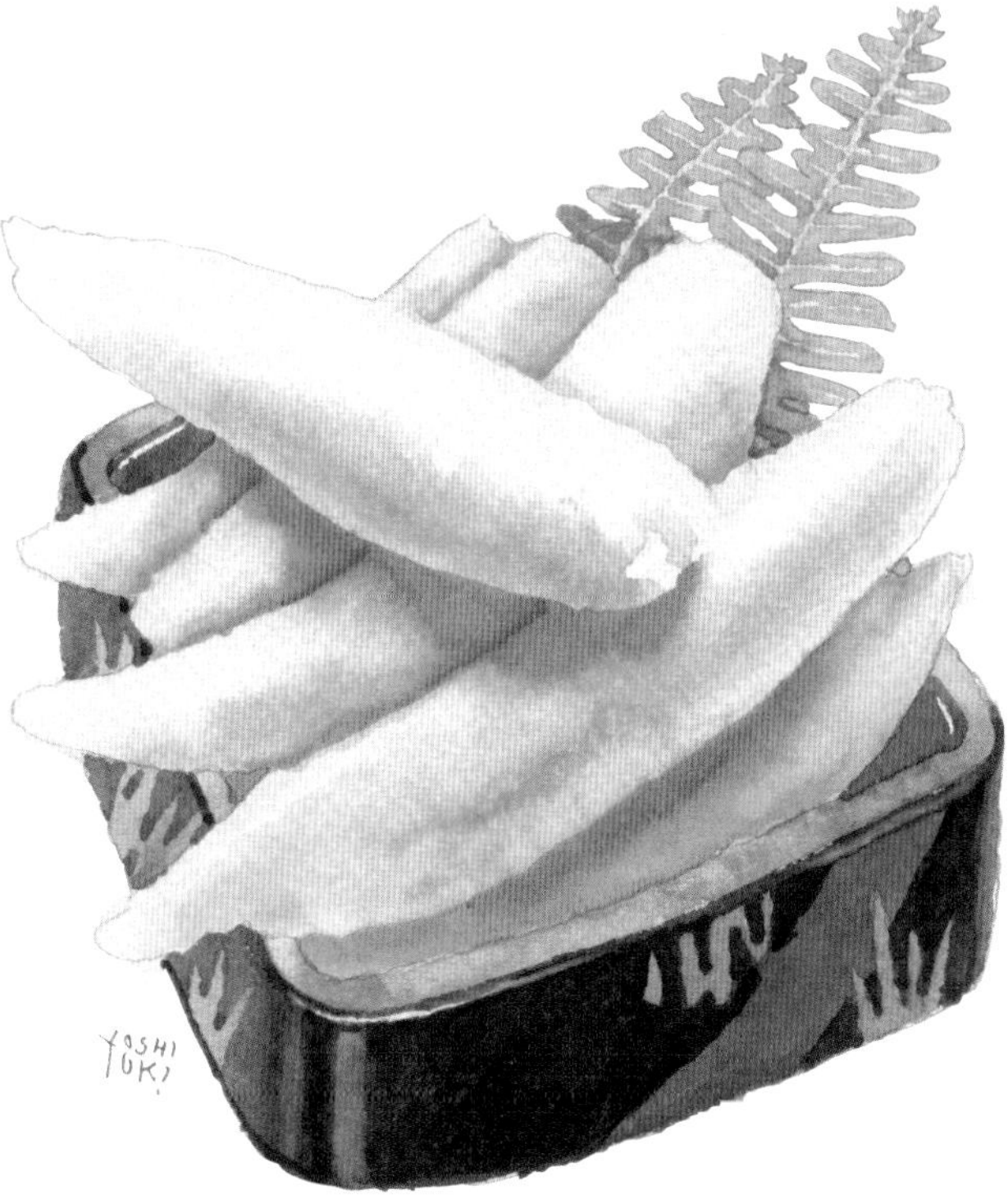

言わずと知れた新年の縁起物。「かど（ニシン）の子」の意味で、子孫繁栄を祈って「数」の文字を当てている。「なほ口にある数の子の音楽し」とは俳人・阿波野青畝の句。

これを敢えて新縄文料理と呼びたい

ＩＮＵＡ（イヌア）に行ってきた。二〇一八年にオープンしたばかりのレストランである。ヘッドシェフのトーマス・フレベルは、「世界のベストレストラン50」で、四回もトップになった、あのコペンハーゲンのレストラン「ノーマ」でずっと料理の開発と研究をやっていたシェフである。

ＩＮＵＡというのは、大自然の内部に宿る生命の力とか精神を意味する言葉で、イヌイットの神話にその起源を持つ。

ＩＮＵＡがやったのは、この世の全ての食材を、いったんゼロベースにしたことだ。自身で森の中へ分け入り、苔を摘んで食べ、キノコを採り、時に蟻や木の根をとって、それを口に入れ、まるで縄文人がそうしたように、自分たち自身が食材をあらたにさがしてゆく旅に出たのである。その旅に三年以上をかけ、店をオープンした今もまだＩＮＵＡはその旅の途上にある。そして、たぶん、この旅は半永久的に続く。それをＩＮＵＡは覚悟しているし、凄いのは、味噌などの調味料もほとんど自前で作っていることだ。

厨房は、ＮＡＳＡの研究室のようでもあり、同時に芸術家の工房のようでもある。そこから生み出される料理は、中央アジアの地図の空白部を探検したスウェン・ヘディンやスタインの旅の記録や報告書のようであり、これを食するのは、食の空白域に次々に文字や色が描き加えられてゆくのを体験するようで、まことにエキサイティングである。

もはや北欧料理でも和食でもない、無国籍料理でありながら、日本人が食すれば、そこには間違いなく和のテイストがある。なんたる不可思議。

ここでは、ただ一品「炊きたてのななつぼしとブナの実」を紹介したい（と言ってもその都度料理がかわるので次に行った時この品があるかどうかはわからない）。和の言い方なら炊き込み御飯ながら、見た目はエスニック。鍋で炊いた御飯の上に、野性の山椒の実と山椒の葉がのっている。そしてブナの実。ヒマワリの種。からたちの実の皮。これを、ダックスキン（鳥の出汁を鴨のあぶらで煮つめて膜にして乾燥させたもの。クリスピー）の上にのせ、さっき食べた鴨の肉を混ぜて食べる。

おお、山椒の香りが縄文だねえ。縄文の精神というのは、植物、動物、石までを含めた全ての自然物に神の存在を認めることだ。その神々の気配をまとめて調理して交響曲となす――これぞＩＮＵＡの新縄文料理じゃないの。

ああ、料理は旅だねえ。

文化の薫り漂う飯田橋にオープンしたレストラン。それぞれのニーズにあった至福の時間を提供している。2021年1月現在休業中のため、詳細は公式HPを確認(inua.jp)。

「司丸・干魚《ひもの》のやまさき」のハダカイワシでどうじゃ!!

ああた。

なんてったたって、ハダカイワシでゲスよ。

すごいよ。地元の高知じゃ〝ヤケド〟って呼ばれてる。ヤケドって、つまり、あの火傷のこと。これがああた、魚の名前だよ。さあお立ちあい。どうだ、どうだ。どうしてくれるんだ。

初めて見た時ゃ、眼のたまひんむけた。なんじゃこりゃ。

浦戸湾で、ハイカラ釣りで、釣りをやった帰りだよ。キビレチヌをいやになるほど釣りあげて、何かおもろいものはないかと御畳瀬《みませ》まで足を伸ばしたら、見つかったんだよ。

港のそばの小さなお店。店の外に、魚を干すための網がいっぱい並んでいて、この魚――ハダカイワシが並んでいたんだよ。

大きさは、十センチから大きくて二十センチくらい。ま、ハダカイワシというくらいだから、イワシくらいの大きさなんだけど、これが実はいわゆるイワシの仲間じゃない。似てるけど違う。

だいいち、鱗がないんだよ。ずるむけで、色がピンクというか、茶というか、そのまんま肉の色をしている。

それでね、なんとなんと、地元の人はこの魚をヤケドって呼んでるんだよ。凄まじいよね。

熱いものに触れて、皮膚に水泡ができて、それがずるむけになっちゃって――という、まさに全身がそんな感じでさあ。

「何ですか、これ」

「ヤケドですよ」

ショック‼

不気味。

気もち悪い。

でも、たまらなくおいしそう。

このハダカイワシ、網でとれるんだけど、その時にね、網や魚どうしの接触がどうしたってあるでしょう。その時に、鱗がはがれちゃう。鱗が極端にとれやすい。

何でも、天敵に襲われた時に、鱗がはがれて、それが、天敵の魚には、急に獲物が増えちゃったみたいに見えるんだね。それで相手がまごまごしている間に逃げちゃおうっていうわけ。


これがねえ、うまいんだ。

炭で焼いてさあ、あつあつのやつをさあ、ビールか日本酒を、こうきゅうっとやりながら食べる。

味は、イワシの味とは、もちろん違うよね。でも、うまい。焼いてもちろん熱いうちに食わなくちゃあいけない。

何杯でもいけるね。

本州じゃあ、見たこともない、喰ったこともない。でも、ワタシは、高知の居酒屋でこのヤケドを見たら、必ず注文するのよ。

高知県高知市、御畳瀬（みませ）港の近くにある干魚店。天日干しにしたハダカイワシは100g150円。1月～5月頃までの季節商品なので早めにチェックしたい。

中ノ俣のギョウジャニンニク

臭いぞ、ギョウジャニンニク。臭いけどウマい。北海道ではアイヌネギだ。

この何年間か、新潟県の中ノ俣《なかのまた》から、毎年春先になると、たくさんの山菜をいただくのである。

ネマガリタケやワラビ、コゴミなどがごっそり、ぎっしり入ったダンボールが届くのである。どれもおいしく、ぼくは好きなのだが、一番の楽しみがギョウジャニンニクなのである。

初めて中ノ俣に行ったのは、十年近く前だ。新潟の山奥のまた山奥にある村で、妖怪猫又伝説が残っている。

友人のカメラマン佐藤秀明さんが、長年この村とそこに暮らす人々を撮っており、

「凄くいいところだよ」

といつも言われていたのだ。一度遊びに行ったらほんとにいいところで、村の人がおもしろい。

何度か行くうちに仲良くなって、村の集まりをかねた宴会にも行って、お酒を飲んだ。お酒が入れば、演芸が始まって、飛び入りで村芝居にも出ちゃいましたよ。カツラを被り、三度笠にカッパ、腰には一本を差して、それを抜いて酔った勢いで踊ってまいりました。

囲炉裏に、ネマガリタケをくべ、焼けたやつから皮をむいて食べる。おいしい日本酒をくいくいと飲みながら、深夜に至り、そこでそのまま眠る。いいねえ。

そんなこんなで、毎年山菜をいただくようになったのであります。

いただく山菜の種類はいっぱいあるのだが、極めつきが前記したギョウジャニンニクなのである。

なにしろ臭い。匂いが強烈なので

ある。ゆでておひたしにして食せば、この臭いがかなりひっこむのだが、それではもったいない。

ぼくは、このギョウジャニンニクの半分以上を、醤油に漬けて食べることにしているのである。

しかも、ほとんど生のまま、生醤油に漬ける。漬ける前に、熱湯をじゃぼじゃぼとかける。葉の緑色がさらに鮮やかになったところで、ざくりと包丁を入れる。それで、まだぴんぴんしているやつを、保存容器に張った生醤油に漬けて、冷蔵庫の中で放置するのである。ひと晩たてばもう食えるが、三日目でも十日目でもうまい。どんどん醤油がしみ込んでからくなる。臭みはそれでもおとろえない。それでもうまい。これで飯を何杯も食ってしまうのである。

ヒマラヤやチベットへゆく時の必需品だ。あちらで、高山病で飯が食えなくなっても、この醤油に漬けたギョウジャニンニクさえあれば、あーら不思議、嘘のように飯が食えちゃうんですね。

中ノ俣は新潟県上越市の小さな集落。自給力が高く、春の山菜採りはそこに暮らす人々の大切な営みのひとつである。5月3・4日に春祭りが開催される。

兎の頭のかち割り味噌汁

　これまでの生涯で、ただ一度だけ食べて、その後二度と食べることのなかった料理がある。不美味《まず》くて食べる気がしなくなったということではない。それ以来、その料理にお目にかかる機会が一度もなかった、ということなのである。

　遥かな昔、ある方に誘われて、福島県檜枝岐《ひのえまた》の山奥に岩魚《イワナ》を釣りに行ったことがある。その時泊まった釣り宿で、この料理が出たのである。最初は山菜、岩魚の塩焼きという定番で、次がサンショウウオのてんぷらであった。山菜はもちろんおいしくいただいて、サンショウウオのてんぷらは、こちらの名物であり、骨がいささか硬かったものの、そこそこにはおいしかった。以前にも食べたことがあったので、初めてではない。

そして、最後に出てきた味噌汁の中に、これが入っていたのである。

これとは何か。兎の頭である。これを左右に真っぷたつに割ったものの片方が入っていたのである。魚のかぶとわりは見当がつくと思うが、あれがそっくりそのまま、兎の頭になった味噌汁を御想像いただきたい。縦割りにされた脳の断面は見えるし、目玉も残っている。歯も残っている。

おそらく、宿の御主人が、猟でとってきた兎であろうと思われるのだが、これにはびっくり仰天である。見た目はおおいにグロテスクである。

これを食べた。

箸でつまんで脳を。これは淡白で、見た目よりもうまかった。次は頭蓋骨に張りついた肉だ。箸ではとりきれず、直接歯で噛み、肉を頭蓋から引きはがすようにして食べた。

おゝ、うまい。

うまいが、目の前には、歯を剥いて、真っぷたつになった兎の映像がある。目と、口の中の味が、シンクロしてこないのである。うまいのに不気味。

似たようなものは、パラオで食べたコウモリのスープであろうか。翼がゼラチン質でおいしかった。

他には、南米のラカンドン族の村で食べた、ティプスティンクという巨大鼠。これは、生きているやつを、木の棒で撲殺して焚火で体毛を焼いて、その後、茹でて食べた。これもおいしかった。

しかし、檜枝岐の兎の頭部の味噌汁だけは、食べている間中、ずっとこの映像が目にちらついて、舌と脳が闘い続けていたのである。

これは今思うに、動物の脳を食べる——ある意味、人で言えば人格そのものを食うという感じがあって、このためぼくの舌と脳が戦い続けていたためではなかろうか。

南会津の山奥、独自の山村文化が受け継がれてきた檜枝岐村では、そばやキノコ、山菜料理など、山に入って仕事をする男たちのための山人(やもーど)料理が伝わる。

「かばや」のうなぎまぶし丼

うまいんだなあ、ここの鰻は。

ここってどこよ。

教えてあげよう。岐阜県下呂《げろ》温泉の飛騨川のほとりにある「かばや」の鰻である。

うな重がいいね。表面香ばしく、しっかり火がとおっていて、中はほくほく。味はやや濃い目で、これに山椒の粉をほどよくかけたら、この匂いだけでイッちゃうよ。

しかし、多くの場合、ぼくは「うなぎまぶし丼」を注文することにしている。肉厚の焼いた鰻のかば焼きを、ざくりざくりと短冊に切って、熱い御飯の上に山盛りである。ハンパない量感なのである。

でも、いきなりはいかないね。

こあがりの座敷にあがって、ずっしりあぐらをかいて。

まずは、この「うなぎまぶし丼」を注文してから、おもむろにビールを頼むね。

それで、春先だったら、山菜のてんぷらを注文する。

ビールをぐいっと飲んで、今年の渓流はどうだろうか、などとほろほろ考えていると、その答のように山菜のてんぷらが出てくる。

熱いよ。これを塩で食うんだよ。


たらの芽のてんぷらもいいね。しかし、とどめは、ふきのとうのてんぷらだなあ。

野趣がある。ほろにがで、春の気配がぎっしりつまっている。これをぱりぱりさっくんと噛めば、今年のアマゴやイワナの姿が眼に浮かんでくるよ。

脳内では、鉤《はり》に掛かった尺イワナが、水中でぎらぎら踊っている。

ビールがほどよくまわって、いいこんころもちだねえ。

このてんぷらとビールがなくな

る頃、いいタイミングで出てくるね、お待ちかねの「うなぎまぶし丼」が。てんこ盛りの鰻の上に、大量の刻みネギが載っている。そのまた上に刻んだ焼き海苔が、小山のように被さっている。さらにさらにその上にこんもりとのっかっているのが、きれいな緑色をしたワサビだよ。

これをね、好きにしていいんだよ。試したかったあれもこれも、全部できるね。いきなりひっかきまわして、混ぜて喰ってもいいね。ワサビが鼻につんつんして、これがまた鰻のうまさを引きたてる。ビールが残っていたら、鰻をつまみにもう少し飲んでもいい。わざとワサビと鰻を残して、最後はお茶漬けにしてもいい。

どう、行きたくなってきたでしょう。

しかし、この頃困ったことにお店がかなり混んでいて、時々、入れないことがあるんだけれど、それでも食べたい「うなぎまぶし丼」なんだねえ。

創業以来、ウナギ一筋。郷土色豊かな素材を厳選して提供。たっぷりの海苔とネギ、ワサビが乗った伝統の「うなぎまぶし丼」は3000円。スタミナを付けて夏を乗り切りたい。

山根商店の縄文漬

「縄文漬」を見つけてきたのは、うちのカミさんである。

某デパートのオンラインサイトで発見し、

「〝縄文漬〟って知ってる？」

ぼくに訊ねてきたのである。

なに!?　知らなかった。

このところ、縄文にハマっていて、あちらこちらの縄文遺跡を訪ね歩いている身としては、このまま通り過ぎるわけにはいかない単語であった。

調べてみたら、

〝魚を米糠で発酵・熟成させた後、寒ざらし浜風天日干しでじっくりと旨みを凝縮させました〟

とある。

ああ、うまそう。

何しろ東北の縄文人は、土器などを使って、すでに発酵食品を作っていた。さらに、貝などを塩漬にしたりして、塩をたっぷり染み込ませ、保存食兼今日の〝アジシオ〟的な使い方をしていたのではないかとも考えられている。食については、かなりの達人なのだ。

ただし、稲作が始まったのは、縄文最晩期から弥生時代にかけてからなので、米糠による発酵食品、糠漬を縄文人が作っていたことはなかろうと思うのだが、それはそれ。この稿においては本質的問題ではない。

さっそく注文いたしました。

シャケの縄文漬、サバの縄文漬、サンマの縄文漬。

届いた日に食べちゃいました。

どれも色がいいね。

シャケはオレンジ色の肉がふくらんで、いかにもその中に旨みがざっしり詰まっていそうである。

サバは、焼いたらアブラがじゅ

うじゅうこぼれそう。

食べてみたらその通り。シャケはほこほこ肉がブロックごとにほぐれて、旨みのつぶが、歯で噛めそうなくらいに立っている。

サバがまたいい。見た目はしっかり干ものになって乾いているのに皮が光っている。よっぽどいい状態のものを漬けたんだろうと、それでわかるね。焼いたら手の中に異次元の扉が隠れていたようにそこからアブラがじゅうじゅう。食べれば噛むごとに旨みが舌に襲いかかってくるね。

一番美味《うま》かったのがサンマだった。これは、ぼくがもともとサンマ好きなためだろうけど、キツネ色に焦げ目がつくまで焼いてこれにちょっと辛めの大根おろしをそえて、スダチの汁をかける。スダチの皮のアブラもしっかりかける。これを熱いコシヒカリで喰べたらうまいことうまいこと。

ブラボー、縄文漬。

食材本来の味が、漬けることによって、倍になっているのである。

グルメな縄文人も作った保存食。それを現代風にアレンジして、米糠と絶妙の塩加減で短期熟成した。漁獲高の減少により、残念ながら現在販売を休止している。

ロークとブシュカンは神のコラボだ

高知というのは不思議な土地で、海と山との食の相性がいい。

この場合、山の味というのは柑橘類のことを言っているのだが、季節ごとに海で捕れる魚の種類に合わせたかのように山ではそれによく合った柑橘類が実るのである。

たとえば一番おいしいモドリガツオの時期に、柚子《ゆず》が旬をむかえるのである。この柚子をカツオの刺し身やタタキに掛けて食べる。

そこで、今回はローソクとブシュカンなのである。

まず、ローソクとは何か。これはソーダガツオの新子《しんこ》——つまり生まれて一年未満の幼魚である。

地元ではメジカなどと呼ばれている魚だ。このローソクすなわちメジカが捕れるのが、8月から9月にかけての、ほんの一ヵ月ほど。どこにそのピークがくるかは、その年によって違う。

そして、このローソクのピークに海の神サマと山の神サマが、まるで申しあわせたように、ブシュカンの旬がやってくるのである。ブシュカンとは何か、土地によってはブッシュカンとも呼ばれ、漢字では仏手柑と書く。まるで、仏さまの手のように、指が何本もある柑橘類だが、本稿でいうブシュカンは、丸いやつだ。色は緑色で、一見はスダチやカボス、ユズの青いやつに似ているが、味がまったく違うのである。

これがまさに、一億年前から約束されていたかのように、メジカの刺し身とよく合うのである。

しかも、このふたつがよく似ているのは、いずれも味の日持ちがしないということだ。ブシュカンは、収穫してから一週間がピークであり、メジカは釣ったその日が勝負だ。だから、いずれもほとんどが地元で消費されているのである。他県へ出回らない。

うまいものを食べたかったら高知へゆくしかないのである。

もちろん、ぼくは、これを何度も食べているが、いつ食べてもうまい。驚きがある。メジカの細切りの刺し身に、おもいきりじゃぶじゃぶとブシュカンの汁をかけ、そこへ醤油をかける。これを熱い御飯で食べるのである。

香りがいい。香酸柑橘類の王さまである。うっとりする。鼻の奥の奥までこの香りが潜り込んでくるのだが、いくらでもウェルカムだ。鼻につくということがない。ローソクの食感はモッチモチで、

「これが刺し身か」

と驚く。

刺し身を食い終えたら、皿に残ったブシュカン醤油を熱い飯にかけて、ぐりぐりと何度も何度も掻き混ぜて、食べる。病みつきになってしまうのである。

ローソクの旬は例年7～8月頃。高知で栽培される丸いブシュカンは、「餅柚」と呼ばれる種類。スッキリとした酸味と独特の上品な香りが特徴である。

怪しかれどもうましドウマンガニ

「今日はドウマンガニが手に入りましたよ」

そう言われた時には仰天した。

言ったのは、静岡県の浜名湖に面した某民宿の御主人である。

なんじゃ、それ。

ぼくの頭の中に浮かんだのは、陰陽師・安倍晴明の敵役《かたき》である蘆《あし》屋道満《やどうまん》である。古典芸能や『今昔物語集』においては怪しい悪の陰陽師道摩法師である。

実は、今年のことなのだが、落語家の某師匠ふたりとぼく、合わせて三人で浜名湖まで釣りに出かけたのである。その時の釣果はひとまず置くとして、この宿はメンバーの某師匠の学生時代の後輩がやっている民宿なのであった。で、その某師匠がやってくるというので、普段めったに店頭に並ぶことのないドウマンガニを見つけたので、我々のためにそれを手に入れておいてくれたという話なのであった。

　ドウマンガニ、実は道満ガニではなく、たいへんに身体が大きく分厚いことから、胴丸ガニと呼ばれていたのが、なまってドウマンガニとなったということらしい。しかし、そんなのは後で調べてわかった話で、耳にした時にはもうぼくにとっては〝道満ガニ〟となってしまったのである。

　そうおいそれと獲れるカニではない。甲羅だけで、幅二〇センチ。八本の脚を踏ん張って身体を持ちあげ、両のハサミを大きく広げた姿は、戦闘モードに入った範馬勇《はんまゆう》次郎《じろう》そのものだ。なにしろハサミの握力は八〇〇キロから一トンとも言われている。乾電池を潰してしまうのだ。

正式名称はトゲノコギリガザミ、ワタリガニの仲間で、土佐ではエガニ、沖縄ではマングローブガニである。

晩飯の時、これの焼いたのが出てきた。

その香り、豊穣にして香ばしく、匂いだけでおそるべきうまさを秘めたものとわかり、涎がだらだらである。

「どこかで浜松出身の人に会ったら、オレはドウマンガニを食ったぜと言ってみて下さい。それだけで相手はたまげ驚き、尊敬されますから――」

と、御主人は言うのである。

食った。

香りは嘘をつかない。

身はほくほくで、栗のよう。噛めば噛むだけ、これでもかこれでもかと、カニ百匹分の味が口の中にあふれ出てくるのである。

すごいぞ、ドウマンガニ。

酒がすすむことすすむこと。

釣果はお恥ずかしいものであったが、大満足の夜なのであった。

希少価値が高く「幻のカニ」として珍重される浜名湖のドウマンガニ。浜名湖は日本における最北の漁場といわれている。旬の時期は9月から11月頃である。

第三の選択肢、薄垂惣酢《うすたれソース》

あなた、醤油派ですか、ソース派ですか。

たとえば、アジフライ食べる時ありますよね。トンカツ食べる時ありますよね。この時、醤油とソース、どちらをかけますか。

ワタシはどちらかと言えば、醤油派です。家で十回そういう食事をしたら、七回くらいは醤油をかけます。だって、その方がおいしいんだもん。

で、トンカツ専門店にゆくと、自家製のソースしか置いていないところがありますね。自分のところで作ったソースがただ一種類だけ。それが好みに合っていればいいのですが、時として好みに合っていないことがあります。甘すぎることが多い。トンカツそのものは間違いなくおいしいのに、このソースが気に入らない。テーブルの上に醤油があればそれをかけたいのにない。勇気をもって、

「お醤油ありますか」

頼んでしまうこともありますが、いつもできるわけではないし、誰と食事をしているかでも違ってきますね。

テーブルの上に醤油がある。これをかけたいのだが、食事の相手によってはそれができないこともあります。別にソースがいやなわけじゃない。立ち食いみたいにコロッケを食べる時は、これはだんぜん、ソースなんですから。

とにかく、揚げものを食べる時に、醤油にするか、ソースにするかは大きなテーマなのであります。しかし、この春、京都の「ごだん宮ざわ」というところで、食事をいたしました。おいしい料理が次々に出てきて、揚げものになっ

た時、今回御紹介する「薄垂惣《うすたれソー》酢《ス》」が出てきたのです。

「どうぞこれで召しあがってみてください」

え？

「醤油がわりに和食にも使えるソースです」

と御主人がおっしゃるのである。

食べてみたら、ホント、初めての味ながら、ソースでもあり醤油でもあり——いや、どちらかといえばソースなのだが、まさにこれでてんぷらをおいしくいただけてしまうのでした。

おお、ついにここに、ソースか醤油かで迷った時の答えが出現してしまったのであります。

これはいい。

自家製。リンゴ、トマト、玉葱、人参、生姜などが入っている。

なんと、瓶に入れて販売しているというので、さっそく買い込んでしまいましたよ。以来、我が家で揚げものをいただく時、第三の選択肢として、この「薄垂惣酢」が食卓に並ぶこととなりました。

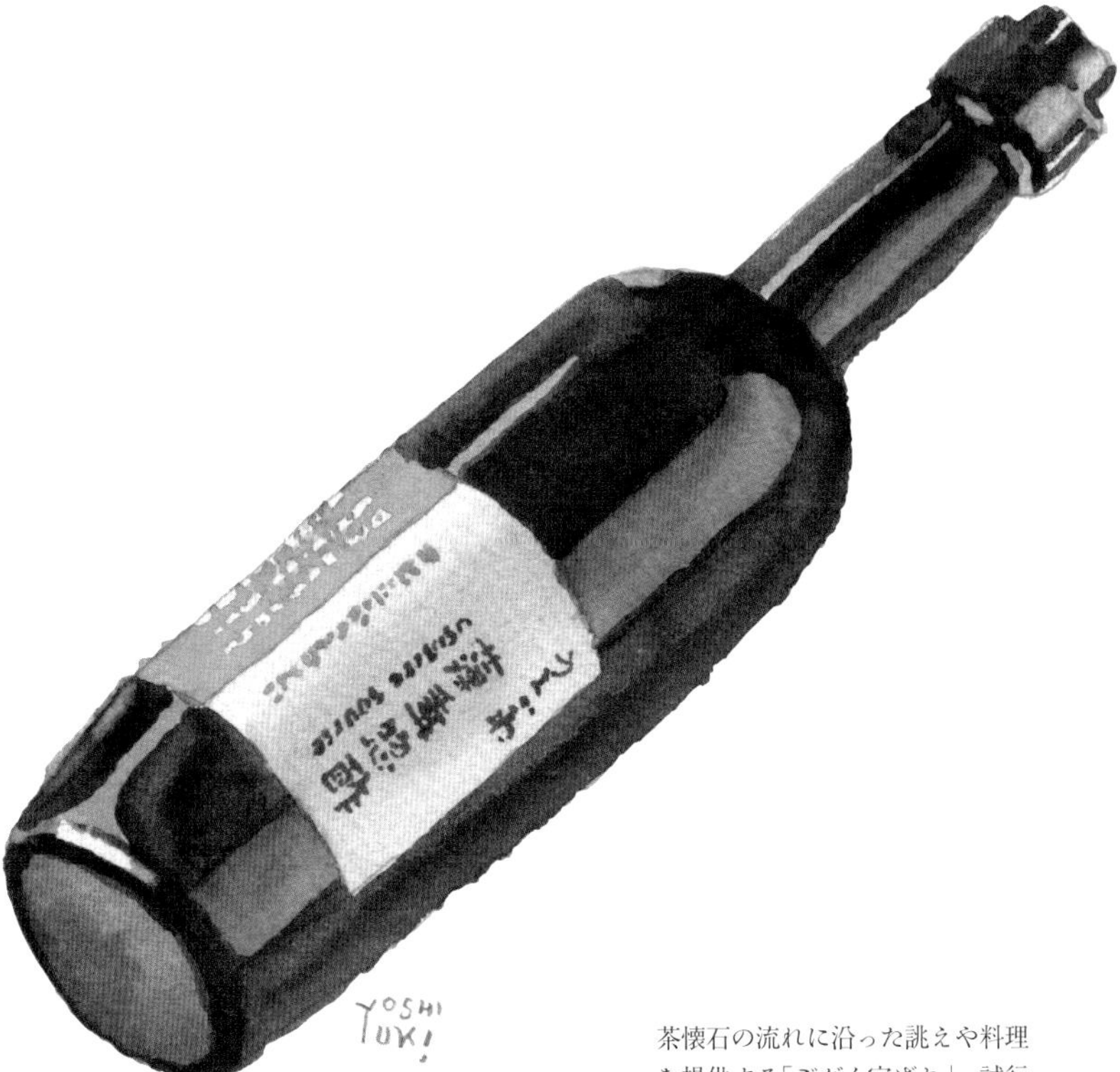

茶懐石の流れに沿った誂えや料理を提供する「ごだん宮ざわ」。試行錯誤の末に生まれた薄垂惣酢は1本500mlで2700円。

発見!! トマトの漬け物

なんである。

漬け物である。

トマトなんである。

トマトの漬け物なんぞというものが、この世に存在するのか。するのである。しかもうまいんである。

時おり、坂井善三商店の漬け物は、友人からおくってもらっていた。だいたいは、茄子であった。泉州水なすと、新潟十全茄子。これがおいしい。塩かげん、ほどよく、新鮮な歯ごたえなのに、しっかり漬かっている。漬け物はこうでなくちゃあという見本のような一品、いや二品である。

しかし、しかし、今年おくっていただいたものの中に、トマトの漬け物が入っていたのである。

なになになに⁉

トマト？

トマトの漬け物だって？

これは刺激的だったねえ。

さっそくいただきましたよ。

ガラスの器に盛りました。

静岡産の夢咲トマト――これが高知産の柚子の汁に漬けられている。このほのかな酸味と香りがよろしい。もちろん漬け物だから、塩味もきいている。

トマトは、たっぷりの寒天ジュレの中に半ば埋もれていて、このジュレと、柚子の汁と、トマトをでかいスプーンでいっぺんにすくいあげて食す。

ぼくは下品なことに、ほとんど三口でこれを食っちゃいました。

ちまちまいただいていると、どこかへこの味が逃げていっちゃいそうで、ほとんどいっきに口の中から胃の中まで――

柔らかく、ジューシーで、なお、

新鮮なトマトとしての存在感があるのである。
いいねえ。
塩のかげんがいいんだな。
いやこまったな、これは。
甘みはほぼないのに、デザートとしても食したくなる。
食事とは関係なく、暑い午後に、これだけ単品でも欲しくなる。
陽差しのいい秋の日に、冷たくこれをひやして食べるのもいい。
ぼくは、あまりにもいっきに食べすぎてしまったので、

「え、もうないの……」
皿が空になった時の喪失感といったらなかったね。
もっと食えるのに。
もっと食べたいのに。
もう、無い。
残った汁を全部飲んで、
「もっと欲しかったなあ……」
溜め息をつく。
ここまでもが、味のうちに入っているのである。
発見、トマトの漬け物。
ぜひ、お試しを。

人気の柚子ジュレトマトは480円。完全無添加の漬物が評判の専門店で、65年ものの糠床は、良質の乳酸菌がすむ。それが漬物の味わいをより一層豊かにしてくれる。

十和田湖のヒメマスとアカモクのこと

秋田県の十和田湖にヒメマスを釣りに行ってきました。

え、十和田湖って青森県じゃないの？　と言う方もおられるかもしれないが、実は青森、秋田の二県にまたがっている山上の湖なのである。今回は秋田県側の岸辺で釣ったので、秋田県なのである。

この十和田湖、ヒメマスが棲んでいる。もともとはいなかった魚なのだが、明治の頃、和井内貞行《わいないさだゆき》という人が放流して、以来棲息するようになったのである。

和名はヒメマスだが、アメリカやカナダではレッドサーモンの名前で呼ばれている。いわゆる鮭の仲間で、サーモンの中では、キングサーモンを凌いでいちばんおいしいとも言われている。

これが秋になると、産卵のため、十和田湖に流れ込んでいる何本かの川を遡ってくるのだ。川にあがる前、岸に近い浅瀬に集まって群れているのである。このヒメマスを釣ってやろうというわけなのだ。

で、釣れました。

そのいきさつ——つまり釣り風景は残念ながらはぶかせていただいて、その晩のうちに宿に入って、ヒメマス食べちゃいました。

まずはお刺し身。これがとろけるようで、冷たくして食べると極上のアイスクリームのよう。一番の旬と言ったら、六月から七月くらいのヒメマスなんだろうけど、この時期のやつには凄いおまけがついてくる。これがヒメマスのイクラなんである。小粒ながら確かなイクラである。小粒な分味が濃くてうまい。残ったヒメマスを塩焼きにして、ビールをぐいぐい飲んでいたら、地元のAさんが、

「これどうぞ」

と出してくれたのが、アカモクだったのである。

見た目はモズクだけれど、モズクじゃない。海藻の一種でホンダワラの仲間である。でも、もちろん、メカブとも違う。

でも、食べ方は一緒。

軽く醤油をひとたらしして、とろとろでつるんつるんと箸から逃げてゆくやつをつまんで、蕎麦みたいに、ずるんちょべろんちょとすすると、おお、磯の香りの濃厚なこと濃厚なこと。

これもまたビールに合う。

しかもこの感触、舌のようでもあり、何かの生き物のようでもあり、エロくて思わず間違えて自分の舌を噛んでしまいそうになる。

あまりにうまかったので調べてみたら、新潟県ではギバサと呼ばれていて、極めて栄養価が高く、朝鮮半島から中国、ベトナムの沿岸にまで生息しているという。

秋田の秋は、ヒメマスとアカモクで決まりだろう。

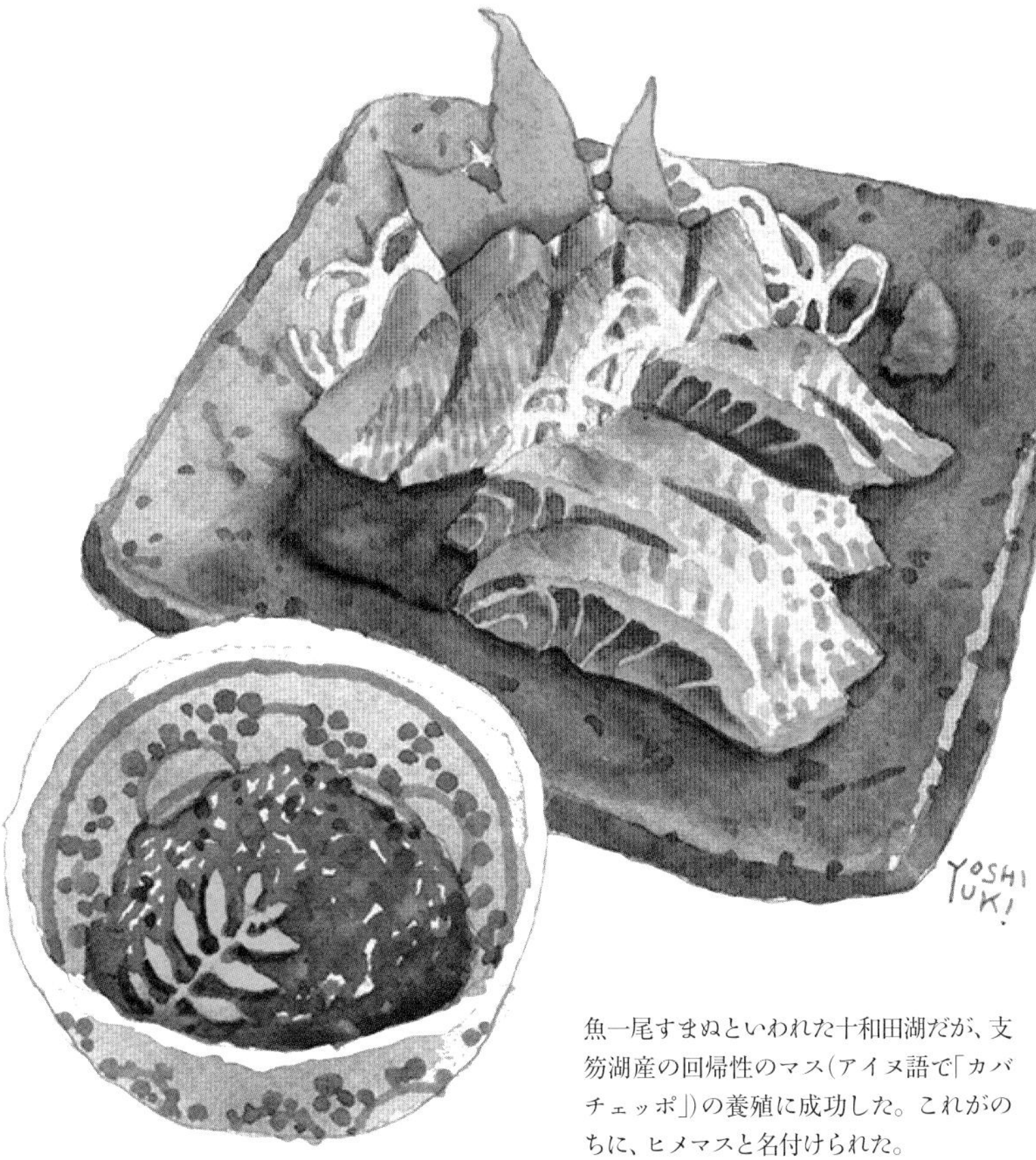

魚一尾すまぬといわれた十和田湖だが、支笏湖産の回帰性のマス(アイヌ語で「カバチェッポ」)の養殖に成功した。これがのちに、ヒメマスと名付けられた。

江本自然農園
特選とまとジュースに感涙

子供の頃、トマトジュースが嫌いだった。こんなに不味いものはないと思っていた。

小学生の頃、近所にお米屋さんがあって、そこで、プラッシーというオレンジ果汁入り飲料を売っていて、これが大好きだった。ワタナベのジュースのもとという粉末で作るジュースと双璧をなしていた飲みものであった。そしてカルピス。コーラが出るまでは、この三つの飲みもので、子供は生きていたのである。

ある時、プラッシーのトマトジュース版(?)が出た。赤くて、あまりにおいしそうだったので買って飲んだ瞬間に吐き出してしまった。口から鼻、舌、喉まで、得体のしれないいやないやな生臭いものでざっしりいっぱいになってしまった。

「おエエエエ」

それから二〇歳になるまで、二度とトマトジュースを口にしなかった。もう二度と飲むもんか。いやな記憶が刻み込まれて、これがトラウマになっちゃった。ああ、トマト自体は好きだったのに。

ところが――二〇歳の時、通うようになったアラジンというスナックで、その話になった。

「そんなことはないわよ。トマトジュース、おいしいよ」

と、店主のおヒデさんに言われて、レシピを教えてもらった。

「まず、レモンをたっぷり入れる。胡椒もたっぷり。お塩を少々入れて、氷をころがして、はい、これを飲んでごらん」

と、カウンター席に出てきたのが、十年目のトマトジュースだった。おそるおそる眼をつむって飲んだら、あらふしぎ、冷たくておいしいことおいしいこと、魔法のようであった。ぼくのトラウマは、その瞬間みごとに消えて、この世から苦手な食材が、その日、ゼロになったのである。

今は、トマトジュース、大好き。で、現在はまっているのが、北海道江本自然農園の「特選とまとジュース」なのである。この一リットル瓶が、いつも、我が家の冷蔵庫に入っていて、毎日飲んでいるのである。

その味濃厚なるもさわやかで、甘い。飲んで驚く。え、トマト? 南国のフルーツジュースじゃないの。いいえ、トマトジュースなんです、これ。

無施肥、無農薬、果汁百パーセント。時にサラダがわりに、またある時は食事がわりに飲む。こんなにうまい、市販のトマトジュース、これまでに飲んだことありませんでした。

実は、今もこいつを飲みながらこの原稿を書いているのである。

濃厚な味わいを追求した特選とまとジュースは2879円(1000ml)。中玉トマト約12個分の旨味を凝縮した人気商品。FAXやメールでも注文を受け付けている。

室井克義のおじや

毎年北海道へワカサギ釣りに出かけて三〇年。網走湖の氷上に穴をあけて、釣れたワカサギをその場で食べる話は以前に書いた。

この会にイタリアンの室井克義シェフが十年ほど遊びに来ていて、いつも氷上でおいしいパスタなどを料理していただいたことがあったのである。室井さんと言えば、イタリアで修業して、ホテル西洋銀座の「リストランテ・アトーレ」をずっとやっていた方で、食材に使ったアワビの殻を自分で加工してルアーを作り、これででっかいレインボートラウトなどを釣ったりしている釣り師でもある。

ある時、夜の網走の街に出て、皆で鍋料理を注文した。メンバーは十六人。鍋が四っつ。四人ずつひとつの鍋を囲んで、腹いっぱいこれを食べたと思ってください。

「よし、ではこれでおじやを作りましょう」

と食後に室井さんが言った。

四っつの鍋でチームを作り、室井さんのレクチャーつきで、即席の料理教室となったのである。

「はいアクをとってください」

「火加減はこのくらい」

「御飯を入れて」

「こうかきまわして」

「ここで卵とネギをこう入れて」

「あ、ワサビも入れますよ」

みんなで言われた通りに作ったおじやは、ホタテ、エビなど北海道の魚介に白菜などの野菜の出汁がご飯にからんで、これがうまい。

おじや——イタリアンではリゾットである。そして、室井さんと言えば、リゾットの達人で、二〇一六年にたたんでしまったが、本郷通り沿いに出したお店「リセット」（リゾットのこと）のドアは、お米の形の意匠が使われていたくらいなのである。

うまくないわけはない。

これを堪能した後、

「あ、室井さんのお鍋のおじや、ちょっといただいていいですか」

お茶碗にちょっと盛って、こいつをひと口食べたら、おおっとこれが仰天。

「うまいいい‼」

さっき食べていた、ぼくらの鍋のおじやとは別ものなんですよ、これが。雑味がなくて、清く、すっきりしているのに、味はしっかりで、お米のひと粒ずつから、食材の味が立ちあがってくるのである。おなじ材料で同じように作っているのにこの違いはなんじゃ。まるで魔法を使ったようである。

すんごい。

みんなでおおいに驚いている中で、室井さんだけが、〝違わなきゃ困るよ〟といった顔で、ひとりでにこにことしておられた網走の夜だったのである。

おじやの「じや」という語感は、鍋が煮える音を表しているという。リゾットは白ワイン、雑炊は醤油と、味付けは異なれど、寒い日は体を芯から温めてくれる料理である。

小嶋屋のへぎそば

わりと蕎麦好きである。積極的に蕎麦を食べる。なんでこうなってしまったのかというと、理由はふたつある。

ひとつは、ある時、ふとしたきっかけでトポロジー専門の数学者にして音楽家、その実体は高名な蕎麦打ち親父という高瀬禮文《たかせれいぶん》の蕎麦を食べたからである。氏は晩年に我が小田原に住み、自宅に蕎麦打ち部屋を作って、二〇〇七年、七十六歳で世を去った。この人の蕎麦が絶品で、まるで風を食すような趣があった。

もうひとつが、十日町にある小嶋屋本店のへぎそばである。

十日町にSFの友人がいて、二十代の頃から、年一回、時には年に二回も十日町に遊びにゆくということが、十数年続いた。行けば必ず食べたのが、小嶋屋のへぎそばであった。へぎそばとは何か。

これは蕎麦が盛られている器が〝へぎ〟であることからこの名がついた。へぎは〝剥ぐ〟が訛ったもので、木を剥いで作った器に盛られているので、つまり〝へぎそば〟なのである。このへぎにも大小あって、大きなものでは、蕎麦六十玉ほどが盛られているのである。

特徴的なのは、つなぎが布海苔《ふのり》であるということだ。しかも十割そばで、手振りでへぎに盛られている。

我々は、一番でかいへぎで何枚も何枚もへぎそばを注文し、仲間十数人で争って食べる。薬味が当初はからしであったが、いつからか山葵になった。布海苔がつなぎであるので、コシというか弾力が凄まじい。歯を跳ね返してくるほどの強さがあって、しかも、なめらかでつるつるで、料理に必要なエロティックな感触まであるではないか。

　これを、みっともないくらいの勢いで皆で食べる。ひとりひと箸、ふた箸で、すぐに空になる。間を置かずに次のへぎが出てくる。これもまたたく間に消える。山葵を入れすぎたやつが、思わずげほげほと噎《むせ》せていると、ふた箸目はもうない。次が出てくる。これもあっという間に消える。へぎの置かれる場所から各自のそばちょこまでの間に、こぼれた蕎麦が、ラインが引かれたように二本、三本とつながっている。これも合い間に拾って食べる。満腹になっても、まだ食べる。ひたすら食う。ひとり、ふたりと脱落して、最後は意地の張り合いになる。残るメンバーは三人、四人。その最後のメンバーの中にはぼくも入っていたのである。こういうこと十数年やっていたら、蕎麦っ食いになってしまうのは、これはもう、あたりまえのことだねえ。

伝統的な織物の糸の糊付けに使っていた布海苔を蕎麦のつなぎとしたのが始まりだといわれる。厳選した国産の材料に、こだわったそばとつゆを提供している。

リストランテ　ボーノのリモンチェッロ

長野県の下諏訪《しもすわ》に、リストランテボーノというたいへんにおいしいイタリアンがある。現地在住の友人に教えてもらったお店で、何度かを食べてもおいしい。で、何度か足を運んでいるのだが、ある時電話の用事がすんだ後、友人から、

「獏さん、あそこのリモンチェッロ、飲んだことありましたっけ」

こう訊ねられた。

「え、飲んだことないけど」

「それはいけません。それならすぐに送りますよ」

で、我が家にボーノのリモンチェッロが届いたのである。

そもそも、リモンチェッロなる

ものを初めて飲んだのは、十数年前、イタリアのミラノであった。

友人の神田山陽《かんださんよう》という講談師が、イタリアの大学で講談を教えることになったので、彼がイタリアでやる講談を聞くべくイタリアまで出かけていったのである。ミラノで合流して、レストランで食事をしている時、彼は言った。

「獏さん、リモンチェッロ、飲んだことありますか」

「ありません」

さっそく頼んで飲んでみたら、これが強烈。びっくり仰天。原料はレモンの皮と砂糖とウォッカだから、アルコール度数は高い。リキュールの一種で、ねっとり甘い。食後酒である。

以来、時おり思い出したようにいただくようになったのだが、ボーノではまだ一度も飲んだことがなかったのである。

で、贈ってもらった、ボーノのリモンチェッロを飲んだら、これが凄かった。

グラスに件のリモンチェッロを

入れる。これだけで、リモンの香りが妖精のように注ぎ口からあふれ出てくる。グラスを持って口に近づけたら、レモンの芳醇な香りが鼻を直撃である。まるで果実そのもののような香りである。鼻の粘膜を香りの指で直接つかまれたようであった。飲む。甘い。しかし、なんともさわやか。我が家には、イタリア産のリモンチェッロが三種類、三本あって、これを時おり飲んでいる。せっかくだから飲みくらべてみたのだが、そのどれよりもおいしかったのである。

こんなにおいしく香り高いリモンチェッロは初めてであった。

店の御主人の自家製で、これを瓶に詰めて売っている。

グラスにでかいきんきんの氷をごろんと転がして、これで飲む。氷が解けてゆくにしたがって、味が変化する。この変化が楽しいのだが、不思議なことに香りだけは落ちない。食事時だけでなく、午後にベランダに出て海を眺めながら飲むというのがいいねえ。

〝気軽に食べられる本格イタリアンをリーズナブルに〟がモットーの、諏訪湖近くのレストラン。自家製のリモンチェッロ1000円(150ml)はテイクアウトが可能である。

宝塚劇場売店の「梅ジェンヌ」がたまらん

甘いぞ。

甘くて酸っぱいぞ。

衝撃的で暴力的で、口の中で甘みと酸味が獣のように舌に噛みついてくるぞ。今こうして書いていても、頬の内側——つまり口の中にじゅくじゅくと唾液があふれ出てきてしまうのだぜ。知らず口がすぼまって眉が寄って、目がしょわしょわになっちゃうのだ。

それが、「梅ジェンヌ」なのである。今回の隠し球なのである。

これをここで紹介すべきかどうか、半年迷った。迷ったあげくについに我慢できず、スカイツリーのてっぺんからダイビングするつもりで書くことにしたのである。

これ、いわゆる「カリカリ梅」である。しかし、私がこれまで食べたカリカリ梅のどれよりも激しく、この宝塚エロスが私の味覚に闘いを挑んできたのである。

東京宝塚劇場で、隣りの人からどうぞと勧められ、ひと口食べてぶっ飛んでしまったのである
たぶん、調べたわけではないのではっきりしたことはわからないが、これ宝塚劇場の売店でしか売ってないのではないか。そういうことにしておこう。その方がインパクトがあるからだ。

何故、これが宝塚劇場の売店で売られているのか。それは、この「梅ジェンヌ」を販売している赤城フーズの社長が、元宝塚、宙組《そらぐみ》の遥海《はるみ》おおらこと遠山昌子氏であるからである。この方は、二〇〇〇年に上演された「源氏物語あさきゆめみし」が初舞台で、男役の女優さんである。そのおおらさんが、実家の家業を継いで社長になったのである。だから「梅ジェンヌ」

が、宝塚の売店で売られているのである。この商品が入っている袋にプリントされているキャッチがいいぞ。

「お菓子がなければ梅を食べればいいのに」

わかるか。

これは宝塚最大のヒット作品「ベルサイユのばら」のヒロイン、マリー・アントワネットが口にした言葉のパロディである。

国民が飢えて苦しんでおり、パンも食べることができないという話を耳にしたマリー・アントワネット、

「パンでなくケーキを食べればいいのに」

と言ったというのである。

この元ネタをふまえ、袋にプリントされているキャッチや、梅ボシ顔のヒロインの絵などをしっかり鑑賞してから、これを食べるのだ。できれば、食すのは東京宝塚劇場の座席がよろしい。ぼくはそうであった。

食べて腰をぬかしてほしい。

昭和46年(1971)、世界で初めて「カリカリ梅」の開発に成功した赤城フーズ。地元群馬県産の青梅を中心に日々新たな商品開発に努めている。

生シラス

六〇年くらいは昔のことである。

桜の頃から夏の終りくらいまで、早朝に海へゆくと、いつもシラス漁をやっていた。

シラス――イワシの幼魚だ。高知ではドロメという名で知られている。

ぼくの地元小田原の海は、早川を境にして、東が砂浜で、西が岩の磯になる。当時住んでいた家から海まで、歩いても十分足らず。海へ出たところが砂浜だった。その砂浜で、ほぼ毎日のようにやっていたのがこのシラス漁である。

砂浜に丸太を並べ、その上を滑らせて、木造船を海に皆で押し出す。エンジン付きの舟ではなく、手漕ぎ——櫓でやる舟である。その舟に網を乗せて、百メートルあまりの沖に出て、そこで、網を海中に投じて、その網を、皆で砂浜から引くのである。

これがなかなか重い。

海から引きあげられた網の中にシラスが大量に入っている。シラスだけでなく、小鯵や鯖、小さな小さなイカや、名前なんかわからないような魚も入っている。どれもきらきらしていて透明で、もちろん大きな魚が入っていることもある。引きあげたばかりのシラス網の中は、宝石箱のようであった。

海に近い家の子供や大人が集まって、網を引く。

引くのを手伝った人は、どんぶり一杯くらいの生のシラスがもらえるのである。

その場で、どんぶりに口をあてて生きているのをぞぼぼぼぼとすすってもうまい。家に帰って茹でて食べてもうまい。しかし、一番うまいのは、茶碗に盛った熱い御飯の上にでろでろと飯粒が見えないくらいにシラスを入れて、刻んだネギをはらはら。ショウガを擦ったものをのせ、こいつに醤油をかける。それをむさぼり食べる。

これがうまくてうまくてたまらないのである。捕れたばかりのころは、てろんとしているやつが、家に帰る頃には、シラスが死後硬直して、尾が、かぶと虫のおちんちんのように、ピンと立っている。ああ、たまらんなあ。

これに生タマゴをぶっかけて食べてもよし。納豆を混ぜてもよし。しかしぼくは、擦った生姜とネギに醤油——これがいちばんだった。

二月、三月の頃は、網の中に小さな鮎が入っていたりする。今は鮎保護のため、一月から三月までは禁漁になっている。

今でも、これを食べることができる。ぼくの住んでいる小田原でもどこでも、相模湾に面した市町村の居酒屋か、飯屋にゆけば、その日獲れたばかりの生シラスが食えるのだ。どうぞ御試食を。

相模湾に春の訪れを告げるシラス漁。沿岸域に漁場が形成されているため、鮮度のよい生シラスを食す文化が生まれた。まさに、海の豊かさの象徴である。

ミーバイのからあげ

「魚だったら北だねえ」

と、時々おっしゃる方がおられるのである。

「南より北の魚の方がおいしい」

と、すました顔でのたまう方がおられるのである。

ちょっと待った。

異議あり。


まずは、八丈島のメダイの島寿司を喰っていただきたい。ワサビのかわりにカラシだよ。食べると鼻につうんとくるね。これがいい。八丈島でも、青ヶ島でも、南北の大東島でもいいよ、ここで出されたムロアジの刺し身をさ、半分小皿に入れて醤油をかけて、ズケにしておいてさ、飯の後に、お茶漬けにして食うんだよ。これがウマイんだよ。ムロアジって、カンパチを釣る時のエサにしたりするんだけど、どうかするとカンパチよりこっちを食いたい時がある。

そこで、ああた。ワタシは言いたい。一度でいいから沖縄でミーバイを食ってごらんなせえよ。

刺し身よし。煮てよし。みんなうまい。

どういう魚かって？

まあ、わかりやすく言えば、ハタだね。ハタの仲間。つまり、あの高級魚、アラの仲間ということだ。この仲間は、でかいのになると、二メートルにもなる。

で、沖縄のミーバイだよ。

これがね、わりとかんたんに釣れる。潮が引いた後のリーフの中に入って、ルアー釣り。

ライトタックル――ちっちゃいロッドで、小さなミノーをつけて、膝から腰まで海水の中に立ち込んで、軽くキャストして、引いてくる。

すると、ゴン、というアタリがあ

るね。それがこのミーバイだね。

大きさは、まあ、十二センチから二〇センチくらい。リーフじゃ二十五センチあれば大物だねぇ。

この小さいやつを、胆をとって、鱗をとって、高温の油でからあげにする。二度あげすれば、もう骨まで、頭からばりばりさくさく喰える。

白身の魚でね、うまいよ。味はカサゴに似てるかもしれないが、ミーバイの方がちょっと上品。

おおっと、食べる前に、塩とコショウをふりかけて、忘れちゃいけないのがシークワーサーだよ。これをじゃぶじゃぶかけて、ビールをぐいぐいやりながら食べる。

ああ、グラスにごろんと氷を転がして、キンキンに冷えた泡盛が大正解かもね。ビールは最初の一杯だけにして、あとは泡盛で決定。

民宿でからあげにしてもらってもいいし、街の飲み屋でも、わりとあったりするので、これでどうよ。

南の魚をなめんなよ。

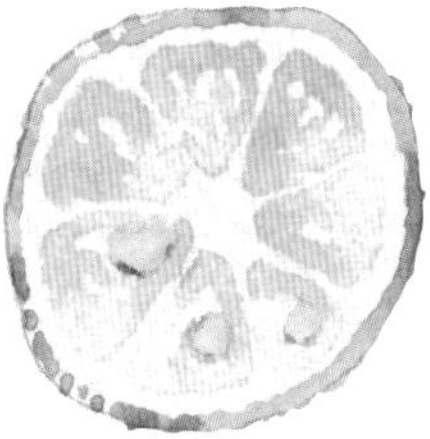

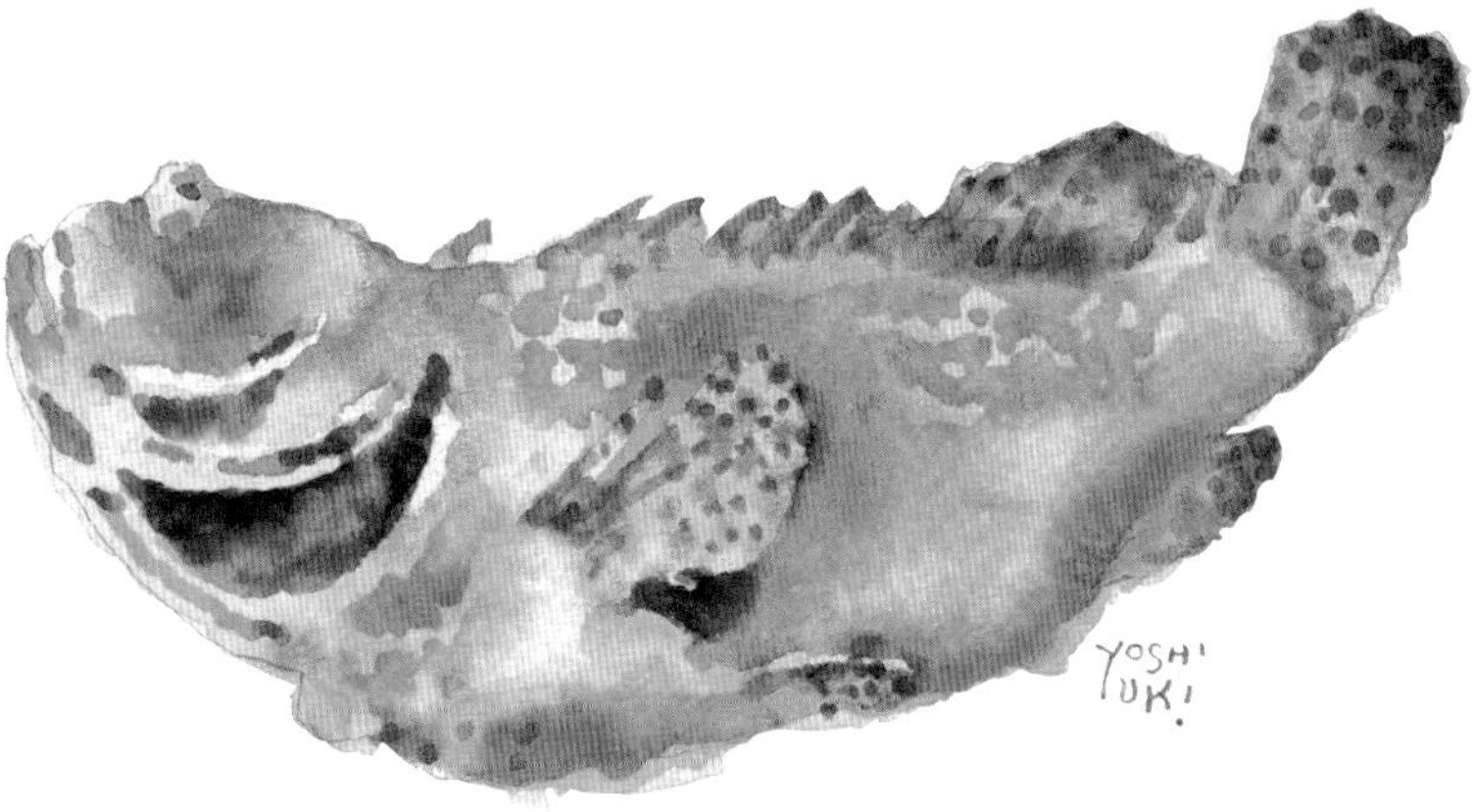

沖縄の方言でミーバイ(スジアラ)と呼ばれる色鮮やかなハタ類。上品な白身と旨味が美味で、なかでもアカジンミーバイは、沖縄の最高級魚として知られる。

ひんぎゃの塩

青ヶ島、東京都だ。

伊豆諸島の人の住む島で、一番南にある。黒潮の上に浮いているような島だ。富士山のてっぺんのカルデラ部分を切りとって、島にしたようなものだ。カルデラの内部にさらにまたカルデラがある。活火山なのである。

昔、八丈島に釣りに行くたびに、

「バクさん、実はもっと南に、すげェでかい魚がわんさか釣れる島がありますぜ」

と、何度も耳うちされたことがあったのだ。それが青ヶ島なのである。島のカルデラの内側に、オオタニワタリが群生する、熱帯のジャングルのような原始の森があるのだが、これは、火口内部がいつも地熱で温められているからなのである。

ぼくが行った時には、何でも売ってる雑貨店があって、驚くなよ、店番の人がよくいなかったりする。そういう時は、みんな勝手に店のものを持っていって、あとで金を払う。それでいいのだ。

「みんな顔見しりだから、家に鍵なんてかけないんだよ」

というわけなのだ。

ここに、ひんぎゃの塩というのがある。ひんぎゃというのは〝火の際〟がなまったもので、カルデラ内の地熱を利用して、作られた塩だ。この塩がごつんとからい。黒潮の味だ。

塩を作っている工場の近くにサウナがある。このサウナに行く時に、ひんぎゃの塩と島で作っているサツマイモだのタマゴだのを買い込んでゆく。サウナの手前に誰でも利用できる地熱釜があるので、そこに買ってきたサツマイモだのタマゴなどを放り込んでおく。サウナから出た時にすっかり熱い蒸気によってふかされているので、これにひんぎゃの塩をふりかけて食うのである。塩がからいので、ふりかけるのはちょっとでいい。

イモはふっかふかで、塩がこりんと歯で砕けて、これがまたうまみを増すのである。

のどかで、人が少なく、釣れる魚はホントにでかい。

ちょっと前で、人口は一七〇人くらいであったか。

火口内部で作っている椿からとれた椿油があって、この椿油でスパゲティを炒めて食べたのだが、油がさわやかで、スパゲティの麦の味が、口の中でひょんひょんとたちあがってくるのである。

島で作っている酒、青酎《あおちゅう》は、島に十人ほどいる杜氏さんが作っており、杜氏さんごとに味が違うのだが、どれも飲めばきりきりと腹に染み込んでくる。ひんぎゃの塩と青酎があれば、他にもう何も言うことはないのである。

青ヶ島は本土・東京の南358kmに位置する火山島。緯度でいえば九州の宮崎県と同じくらい。断崖絶壁に囲まれており、耕地は少なく、漁業も自給程度である。

食はエロスである

夢枕 獏

前々から思っていたことがある。

それは、

「うまいものはエロい」

ということである。

食には、どこかにエロスが漂っている。

うーん。

たとえば男と女が向かいあって食事をしている光景は、けっこうエロいと思うのだが、どうだね、お立ちあい。男女の食事――いつもの風景で、あまりにもどうってことない光景ではあるが、我々は、その普通であることにだまされているのではないか。

よーく考えてごらんなせえ。

その食べているものは何でもいいのだが、男女が向きあっているんですぜ。しかも、口に食べものを運んでゆき、口を開いてその食べものを中に入れる。

お互いの口の中の粘膜が、ちらちら見えるのであり、時に舌も、その動きも見えてしまう。これがエロスでなくて、何がエロスであるというのか。

これが、おしゃれなフレンチレストランだったらどうよ。

ワインの赤は官能的で——ああ、もちろん、考えすぎ。ネタとして書いている。でも、おいしいものの多くがエロいというのは本当のことだ。ついでに、下品に食べれば食べるほどおいしいものもある。

本書は、そういう食べものについて書いている。基本的には、ぼく自身が食べて、おいしいと思ったものや、言葉が浮かんできた食べものについてだけ書いた。

ネタがなくなって、取材をして、しめきりになんとか間に合わせたという原稿はひとつもない。かような連載は、ネタが尽きる前にやめるのが、ちょうどいい。しかし、書こう書こうと思っていて、書き残してしまった食べ物やお店がいくつかある。たとえばそれは、南青山の「ＮＡＲＩＳＡＷＡ」である。このお店、もとは「ラ・ナプール」といって、二〇年ほど前は小田原の早川漁港にあった。

ぼくは、小田原に住んでいたので、いつも近くを通っていく、とても気になるレストランだった。ある時、入ってみたら、とてもおいしくて、それから通うようになったのだが、数年で、南青山に引っ越しをして、「NARISAWA」となったのである。

食には、小説のように、テーマや物語、ファンタジイがあることを、ぼくはこの「NARISAWA」で知ったのである。

では、どうして、紹介できなかったのかというと、タイミングとしか言いようがない。このお店は、いつも足を運ぶたびに、これまでと違う物語がテーブルに運ばれてくるのである。

だから、その時、一番新しい料理をいただいて、それについて書こうと思っていたのである。その意味では本文で紹介した「INUA」と同じなのだが、「INUA」の場合は、運よく予約がとれたのだが、「NARISAWA」の場合は、この予約がとれなかったのである。何度か予約を入れようとしたのだが、そのたびにフルハウスで予約がとれなかったのだ。ああ、残念。ぜひとも、このお店のことは書いておきたかった。

他にも書いておきたかったのは、高知の清水サバである。世界中のどのサバよりも、高知の清水サバはうまいという話を書きたかったのだが、高知はいつも通っていて、これまで何度か、本文で高知県の食については書いてきた。あまり何度も同じ県の食のことを書くのもなあ、と、つまらない自主規制をしているうちに書きそこねてしまったのである。本書に書かれているものは、念のために書いておくと、ほぼすべて（ほぼというのは、〝鮒ずし〟と〝能登〟については出版社から取材費が出ているからだ）、ぼくが自腹で食べたもの飲んだものばかりであり、お店から頼まれて書いたものはひとつもないということだ。ささやかな文学的誇張、筆の勢いというのはむろんあるものの、どれも本気の本気で書いたものばかりである。

どの食も、機会があればお試しいただいて損はないはずだ。

二〇二一年　春　　小田原にて――

掲載店舗

① 手打ちそば屋 花もも（P.12） ☎075-212-7787 京都府京都市中京区丸太町麹屋町西入ル昆布屋町398
② 萬口（P.20） ☎0735-62-0344 和歌山県東牟婁郡串本町串本42−17
③ 磯料理 一吉（P.32） ☎0465-29-0211 神奈川県小田原市江之浦180
④ シェ・イノ（P.40） ☎03-3274-2020 東京都中央区京橋2-4-16 明治京橋ビル1F
⑤ 菊姫合資会社（P.44） ☎076-272-1234 石川県白山市鶴来新町タ8
⑥ フルーツ&カフェさいとう（P.52） ☎0259-67-7088 新潟県佐渡市新穂青木667-1
⑦ 老松 北野店（P.60） ☎075-463-3050 京都府京都市上京区社家長屋町675-2
⑧ 銀座鮨かねさか本店（P.64） ☎03-5568-4411 東京都中央区銀座8-10-3 三鈴ビル地下1階
⑨ 守谷製パン店（P.72） ☎0465-24-1147 神奈川県小田原市栄町2-2-2
⑩ ひさご寿し（P.76） ☎0748-33-1234 滋賀県近江八幡市桜宮町213-3
⑪ 漁家民宿 湖上荘（P.76） ☎0748-33-9639 滋賀県近江八幡市沖島町167
⑫ 郷土料理 住茂登（P.76） ☎0749-65-2588 滋賀県長浜市大宮町10-1
⑬ 井泉本店（P.84） ☎03-3834-2901 東京都文京区湯島3-40-3
⑭ ヤマロク醤油株式会社（P.92） ☎0879-82-0666 香川県小豆郡小豆島町安田甲1607
⑮ 若草堂（P.96） ☎0596-24-3210 三重県伊勢市本町5-1
⑯ 紫野和久傳 堺町店（P.100） ☎075-223-3600
京都府京都市中京区堺町通御池下ル丸木材木町679
⑰ 手打ちそば 満月（P.104） ☎0186-37-3340 秋田県鹿角市十和田大湯上ノ湯1-20-1
⑱ やまめ庵（P.108） ☎0966-23-3002 熊本県球磨郡相良村柳瀬2213-1
⑲ 幸寿し本店（P.128） ☎0767-53-1274 石川県七尾市相生町30-1
⑳ 鳥居醤油店（P.128） ☎0767-52-0368 石川県七尾市一本杉町29
㉑ 昆布・海産物處 しら井（P.128） ☎0767-53-0589 石川県七尾市一本杉町100
㉒ 民宿 深三（P.128） ☎0768-22-9933 石川県輪島市河井町4-4
㉓ 能登手仕事屋（P.128） ☎0768-42-1998 石川県輪島市門前町門前新建22
㉔ 下倉孝商店（P.136） ☎011-231-4945 北海道札幌市中央区南3条西6
㉕ INUA（P.140） 東京都千代田区富士見2-13-12
㉖ 干魚のやまさき（P.144） ☎088-855-4173 高知県高知市御畳瀬148
㉗ かばや（P.156） ☎0576-25-4154 岐阜県下呂市森439-4
㉘ ごだん宮ざわ（P.172） ☎075-708-6364 京都府京都市下京区東洞院通万寿寺上ル大江町557
㉙ 坂井善三商店（P.176） ☎03-3961-8924 東京都板橋区中板橋15-13
㉚ 江本自然農園（P.184） 北海道余市郡仁木町東町12-146
【販売】有機家 ☎042-789-5305 東京都町田市図師町1446-3
㉛ 越後十日町 小嶋屋本店（P.192） ☎025-757-3155 新潟県十日町市本町4-16-1
㉜ リストランテ ボーノ（P.196） ☎0266-28-8118 長野県諏訪郡下諏訪町西四王4730-6

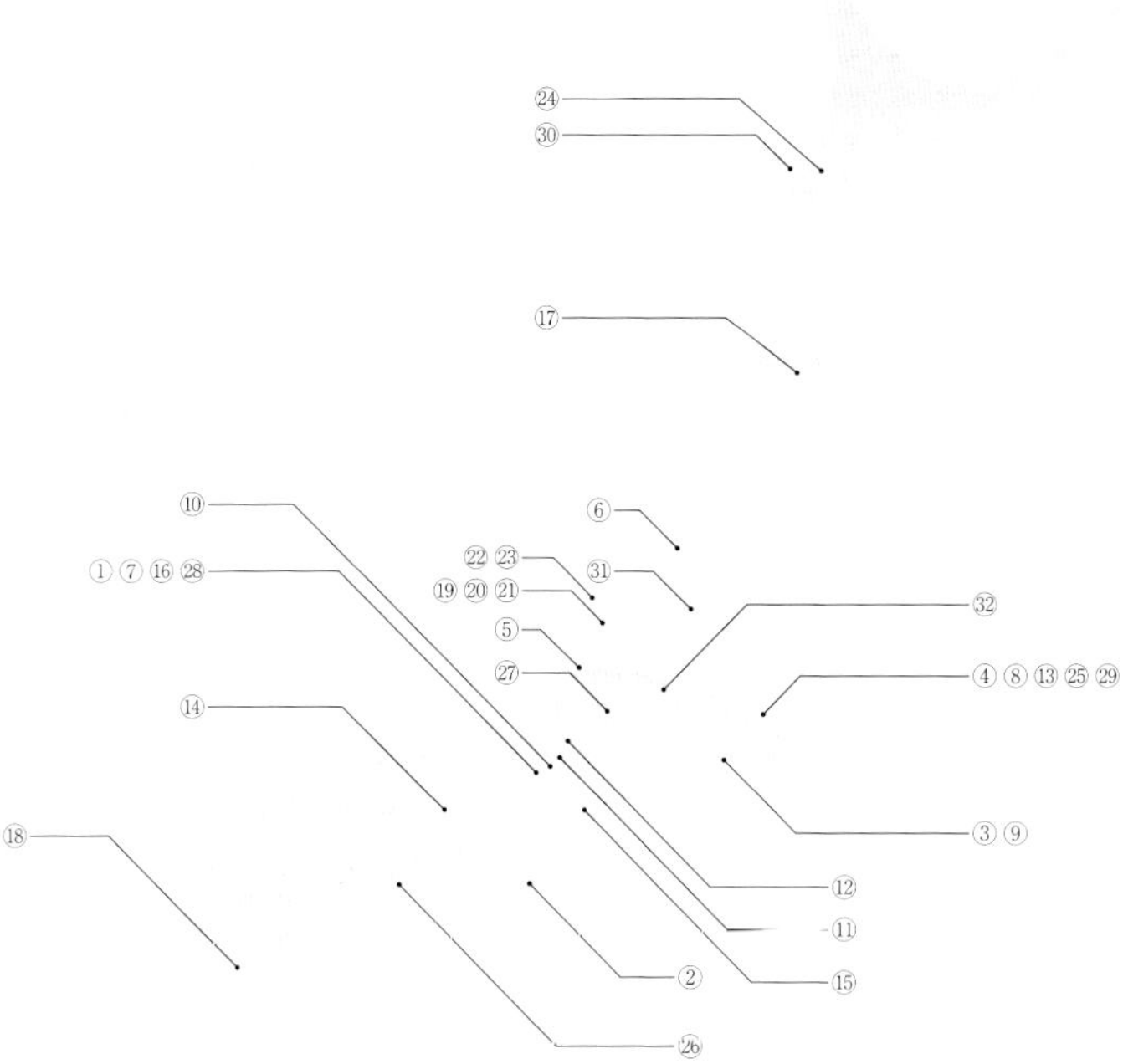

㉔
㉚
⑰
⑩
⑥
㉒ ㉓
① ⑦ ⑯ ㉘
㉛
⑲ ⑳ ㉑
㉜
⑤
㉗
④ ⑧ ⑬ ㉕ ㉙
⑭
③ ⑨
⑱
⑫
⑪
②
⑮
㉖

本書は、月刊誌「男の隠れ家」に2016年8月号から2020年9月号に掲載された連載「いつか出会った郷土の味」を加筆、修正したものです。

夢枕 獏（ゆめまくら・ばく）

作家。1951年神奈川県生まれ。77年、作家デビュー。「魔獣狩り」「キマイラ」「餓狼伝」「闇狩り師」「陰陽師」シリーズ等の作者。89年『上弦の月を喰べる獅子』で日本SF大賞、98年『神々の山嶺』で柴田錬三郎賞受賞。『大江戸釣客伝』で2011年に泉鏡花文学賞、舟橋聖一文学賞、2012年に吉川英治文学賞を受賞。2017年に菊池寛賞、日本ミステリー文学大賞受賞。18年、紫綬褒章受章。

いつか出会った郷土の味

2021年3月12日　初版 第1刷発行

著　　者　夢枕 獏
発 行 者　星野邦久
発 行 所　株式会社三栄
〒160-8461 東京都新宿区新宿6-27-30
新宿イーストサイドスクエア 7F
TEL:03-6897-4611(販売部)
TEL:048-988-6011(受注センター)
編 集 部　株式会社プラネットライツ
〒160-0002 東京都新宿区四谷坂町2-18
TEL:03-5369-8780
装　　幀　丸山雄一郎(SPICE DESIGN)
印刷製本所　図書印刷株式会社

Printed in Japan　ISBN 978-4-7796-4343-9